Yvonne Sartoris

In stressigen Zeiten
Mit dem kleinen Adventslicht

Yvonne Sartoris

In stressigen Zeiten

Mit dem kleinen Adventslicht

Kann auch als Adventskalenderbuch gelesen werden.

Impressum

© 2021 Yvonne Sartoris

2. Auflage

Buchcoverdesign: Alexander Asmußen

Coverfoto: von der lizenzfreien Seite https://pixabay.com

Korrektorat: Margot Ewen, Victoria Stein

Buchsatz und Illustration: Maria Kober (www.mariakober.com)

Quellennachweis:

Oh Bethlehem du kleine Stadt, Autor: Phillips Brooks (1835-1893)

Dt. Übersetzer: Helmut Barbe

Bibliografische Informationen der Deutschen Nationalbibliothek: Die Deutsche Nationalbibliothek verzeichnet diese Publikation in der Deutschen Nationalbibliografie; detaillierte bibliografische Daten sind im Internet über http://dnb.dnb.de abrufbar.

ISBN: 9783755739203

Herstellung und Verlag: BoD – Books on Demand, Norderstedt

Adventslicht
Spendet Magie
Lässt die Menschen
An Wunder und Hoffnung
Glauben.

Gewidmet all denen
die an Wunder und Hoffnung glauben.

VORWORT

Es war so einsam. So unendlich einsam. Und es schien sich erst mal nichts an der aktuellen Situation zu ändern. Die Tage kamen ihm so unendlich lang vor. Das Adventslicht seufzte. Jetzt war es schon ein Jahr alleine. Niemand hatte sich seit dem Auszug von Mona und Sven vor einem Jahr um es gekümmert. Ihm war kalt. So kalt. Sein Docht war ewig nicht mehr angezündet worden.

Es konnte die herannahenden Schritte förmlich spüren. Gleich drehte sich der Schlüssel im Schloss. Wie jeden Tag um die Mittagszeit. Die grauen Tage hatten begonnen. Die schönen Tage des Herbstes waren endgültig gezählt. Die Schritte gehörten zu Herrn Schröder, dem Vermieter der Wohnung. Er schlurfte täglich hier hinein um nach dem Rechten zu sehen. Er seufzte tief, so wie das Adventslicht vorhin selbst geseufzt hatte. Wer konnte es ihm verübeln. Es ging ihm nicht viel besser.

Herr Schröder schaltete monatlich Anzeigen in der Tageszeitung. Doch niemand schien sie wahrzunehmen. Dabei war diese Wohnung so zentral am Stadtzentrum, wie es nur möglich war. Das Rathaus war in nächster Nähe und gegenüber war die Kanzlei von Herrn Schwarz. Kirche und Pfarrheim waren ebenfalls um die Ecke. Und er war mit dem Preis deutlich runtergegangen. Er würde alles tun, wenn es nur vernünftige Mieter wären, und seine einzige Voraussetzung war, es musste ein Paar sein.

Zum Glück kannte Herr Schröder den Anwalt nur vom Sehen. Sie grüßten sich täglich. Wenn der Vermieter gegen dreizehn Uhr seine Runde drehte, machte Herr Schwarz meistens Mittagspause. Er seufzte erneut und fing sein tägliches Jammern an:

„Mein Gott. Schon wieder hat sich niemand auf die Anzeige beworben. Muss ich denn doch einen Makler einschalten? Ich könnte Herrn Schwarz fragen. Der kennt bestimmt mehrere Makler." Doch er wollte lieber selbst das Zepter in die Hand nehmen. „Was soll ich nur machen?"

„*Mein lieber alter Mann. Leider wurde ich auch hier vergessen. Mich hat niemand mehr beachtet. Nicht einmal du. Du weißt wahrscheinlich gar nichts von meiner Existenz. Aber, oh, ich habe jeden Tag meine ganze Kraft, auch für dich ausgestrahlt. Aber erloschen ist es schwieriger, als wenn ich angezündet wäre.*"

Herr Schröder stutzte einen Moment. Er blickte kurz nach oben. Was hing denn da?

„*Na ich. Hast du mich doch einmal bemerkt. Vielleicht werden wir doch noch Freunde. Ich vermisse Mona und Sven auch sehr. Ich mochte sie genauso wie du. Mona hat mich jeden Abend angezündet. Nicht nur im Advent. Auch vorher schon. Und jetzt. Mir ist kalt. Du könntest wenigstens die Heizung andrehen. Nicht volle Pulle. Ein kleines bisschen würde schon genügen.*"

Er stutzte schon wieder. Und meinte leise an das Licht gewandt:

„Jetzt sag nicht, du kannst reden! Pah. Das wäre ja noch schöner. Rede ich noch mit Kerzen."

„*Na. Was ist denn so verkehrt daran? Wenn ich dir helfen kann, neue Mieter zu finden?*"

„Und wie?"

„*Du solltest mal an Magie und Wunder glauben. Seit dem Tod deiner Frau hast du auch nachgelassen, alter Herr. Bist so ja nicht verkehrt. Aber wenn du immer mit deiner Bitterkeit hier durchläufst, wird es mir nur noch kälter.*"

Herr Schröder schaute schräg nach oben, schlurfte dann wieder aus der Wohnung, wie er gekommen war.

Na, dann halt nicht. Aber Herr Schröder würde sich noch wundern. Das kleine Adventslicht senkte seinen Docht, als ihm eine Idee kam. Vielleicht sollte es diesen doch ordentlich strecken? Schaden konnte es nicht.

Siehe da, zwei Wochen später, spürte das Adventslicht eine gewisse Aufregung in sich. Vielleicht würde es doch noch was mit uns werden, hatte Herr Schröder gestern brummend gesagt. Bevor er nach seinem täglichen Rundgang die Wohnung wieder verließ. Ganz gespannt wartete das Adventslicht darauf, was nun passieren würde. Es war ihm schon etwas wohler um seinen Docht. Da hörte es am Nachmittag erneut den Schlüssel im Schloss und Herr Schröder unterhielt sich. Etwa mit einem Paar? Sollte er neue Mieter gefunden haben? Das wäre ja großartig.

Schließlich begann jetzt bald die Adventszeit und nichts wäre dem Adventslicht, das letztes Jahr hier einfach vor der Adventszeit verlassen wurde, lieber. Weil die beiden Vormieter in eine andere Stadt ziehen mussten. Oh. Es freute sich. Es freute sich. Das Lichtlein konnte das Lachen einer Frau und einem Mann vernehmen. Vielleicht würde ja alles gut werden.

Kapitel 1 / ~ Wohnungsbesichtigung ~

„Sie sind gar kein Paar?" Herr Schröder schaute verdutzt, während er die Beiden durch die seit Monaten verwaiste Wohnung führte. Endlich hatte sich jemand gemeldet. Die Resonanz seiner Werbeanzeige war spärlich, außer ihnen rief nur noch ein älteres Ehepaar an. Er bevorzugte Paare.

Melli zuckte kurz zusammen. Sie wollte die Wohnung. Sie gefiel ihr auf Anhieb und die Küche konnte sie so übernehmen. Es waren nur zwei Laufminuten bis zur Kanzlei. Herr Schröder ließ Melli nicht aus den Augen und auch Paul sah sie abwartend an. Sie hatte noch nie derart gelogen. Ihre Hände wurden feucht vor Aufregung.

„Doch, natürlich", Melli lächelte zu Paul und griff nach seiner Hand. Er sah sie überrascht an, grinste, und meinte:

„Sicher, wir sind schon seit Wochen auf der Suche nach einer geeigneten Wohnung in der Innenstadt." Herr Schröder nickte zögerlich. Er schritt ihnen voraus und öffnete die Tür zum Wohnzimmer. Der Boden war mit hellem Vinyl ausgelegt. Ein großes Fenster bot einen weiten Blick auf die Altstadt. Melli streckte sich und marschierte zum anderen Fenster, von dem aus man den Rathausplatz sah. An diesem Fenster entdeckte sie ein kleines, herunterhängendes Glas, eine rote Kugelkerze mit glitzernden Tannennadeln.

„Ein kleines Adventslicht", rief sie überrascht. Verstaubt hing es wohl über Jahre schon dort.

„Wer hat dich denn hier vergessen?" Sie trat heran und begutachtete es. Man sah, dass die Kerze schon heruntergebrannt war, also hatte die

Vormieterin sich auch gut darum gekümmert. Bis auf die Tatsache, dass sie es vergessen hatte.

Das kleine Adventslicht hatte sie gehört. Es war so lange einsam gewesen. So einsam. Das Lichtlein hatte fast nicht mehr damit gerechnet, dass Herr Schröder nochmal neue Mieter finden würde. Melli war ihm deutlich sympathischer als das ältere Ehepaar neulich. Sie hatten es übersehen. Ihm wurde ganz wohlig um seinen Docht.

„Alle Vormieter", flüsterte es daher zurück.

„Ich freue mich auf unser Wiedersehen", meinte Melli nur, ergriff erneut Pauls Hand und deutete ihn in den offenen Raum, der ihr Esszimmer werden würde.

„Sieh doch Paul! Das offene Esszimmer. Unser runder Eichentisch passt doch perfekt hier rein. Wir könnten alle unsere Freunde einladen."

„Ja, finde ich auch. Was soll die Wohnung denn kosten?" Paul schaute Herrn Schröder fragend an, der schon auf dem Weg in den Flur war, um ihnen das Schlafzimmer zu zeigen. Paul überlegte, ob Melli einen runden Esstisch besaß, denn seiner war rechteckig.

„500 Euro warm."

„Das wäre bezahlbar, hoffentlich gibt es keinen Haken?"

„Nein. Glauben Sie mir. Ich bin seit Monaten auf der Suche nach neuen Mietern. Es ist schwieriger als ich dachte. Die Leute wollen doch nicht direkt in die Altstadt, sie suchen lieber Wohnungen am Stadtrand."

Herr Schröder zeigte ihnen noch den Rest der Wohnung. Neben dem Schlafzimmer gab es noch ein kleines Gästezimmer. Einen weiteren Raum, den man als Büro oder Arbeitszimmer einrichten konnte, ein Badezimmer und sogar ein Gästebad.

„Paul, was meinst du?", Melli zog Paul näher an sich heran. „Ich finde die Wohnung super geeignet für uns."

„Ja. Doch. Ich bin auch begeistert. Wir nehmen die Wohnung. Oder Melli?" *Melli? Mellis hießen immer Melanie. Ja!*

Das Adventslicht streckte seinen Docht nochmal ganz hoch und hoffte Herr Schröder würde sich für sie entscheiden. Allerdings war da noch ein älteres Ehepaar gewesen. Was ihm, dem Adventslicht, aber gar nicht sympathisch gewesen war.

„Ja. Sie ist perfekt. Ich habe mich sofort in sie verliebt."

Herr Schröder zögerte kurz.

„Nun. Das ältere Ehepaar bestätigt mir erst am Montag, ob sie die Wohnung nehmen oder nicht. Aber Sie sind auf der Warteliste. Wann könnten Sie einziehen?"

„Sofort" sagten Melli und Paul gleichzeitig.

„Gut. Ich melde mich bei Ihnen, wenn ich etwas von den anderen Interessenten gehört habe."

„Super. Vielen Dank." Herr Schröder schüttelte beiden die Hand. Melli war inzwischen zu Eis erstarrt. Er schien ihre Augen zu durchbohren. Sie fröstelte es, doch hielt seinem Blick aber stand.

„Dann wünsche ich Ihnen noch einen schönen Tag. Bis bald."

„Bis bald."

Paul schaute ihr kurz in die Augen, „hoffentlich" schienen sie ihr zu sagen, als sie auf den Rathausplatz traten. Inzwischen war ihr Gesicht kirschrot geworden.

„Paul. Danke, dass du mitgespielt hast."

„Keine Ursache. Aber er wird darauf bestehen. Er scheint Paare zu bevorzugen. Du hast dich im ersten Moment in die Wohnung verliebt. Richtig?"

„Ja. Ja. Verdammt Paul." Sie lächelte ihn an. „Angenommen, wir bekommen die Wohnung. Würdest du mir beim Umzug helfen?"

„Klar. Natürlich, Melli. Ich wusste allerdings nicht, dass du solch ein schauspielerisches Talent hast." Paul grinste.

„Ich auch nicht. Aber es hat dir wohl gefallen?"

„Allerdings. Und ähm, ehrlich gesagt, gefällt mir die Wohnung auch sehr gut."

„Ja? Das ist gut. Komm, darauf verputzen wir einen Döner."

„Gute Idee. Den habe ich mir jetzt auch verdient." Melli lachte, zog Paul in Richtung des Dönergeschäftes schräg gegenüber ihrer Traumwohnung. Ihre Hände wurden wieder warm. Anscheinend hatte sie Paul noch nie so genau wahrgenommen. Sein Grübchen unten rechts am Kinn, das jedes Mal deutlich zur Geltung kam, wenn er lachte, seine tiefen Stirnfalten, seine warme, dunkle Stimme. Ihre Wangen glühten, als sie den Laden betraten, der beinahe voll besetzt war. Paul zog Melli mit sich an einen letzten freien Zweiertisch in der Ecke.

Kapitel 2 / ~ Arbeit ~

„Kannst du bitte das Fenster schließen?", bat Melli ihre Kollegin Tina, die jüngere der beiden Frauen. Helen, die ältere, korpulentere, wischte sich den Schweiß von der Stirn. Während sie den Arm bewegte, klimperte ihr silbernes Armband, wie leise Glocken, an ihrem Handgelenk.

„Ich gehe hier kaputt. Es ist viel zu warm. Ich kann bei dieser Hitze nicht arbeiten." Erneut wischte sie sich den Schweiß von der Stirn. Melli hatte den Fehler gemacht und ihre dünne, hellbraune Seidenbluse angezogen. Morgen würde sie ihren dicken Winterpulli anziehen. Sie notierte sich in Gedanken, dass sie sich unbedingt neue Pullover kaufen musste. Sie fing innerlich an zu zittern und merkte, wie sich die dünnen Härchen auf ihren Armen aufstellten. Sie schaute rechts aus dem Fenster. Die junge Frau konnte nicht einmal den Brunnen vom Rathausplatz erkennen, so dicht war der Nebel. Wenn wenigstens Sonnenstrahlen das Zimmer aufheizen würden, hoffte sie.

„Bitte Tina." Tina stand auf, schloss das Fenster und Helen seufzte, ein lautes, langgezogenes Seufzen. Das tat sie gerne. Niemand hatte es so schwer wie sie. Melli verdrehte die Augen.

„Wenn du erst mal in die Wechseljahre kommst, wird es dir genauso ergehen."

„Na, da bin ich froh, dass ich noch weit genug davon entfernt bin", meinte Melli trocken. Sie konnte sich in ihre Kollegin hineinversetzen, aber andererseits musste Helen auch sie verstehen.

Helen fing mit Tina ein Gespräch über die Kinder an. Melli hörte kaum hin. Das war auch letzte Woche schon so gewesen. Was Melli machte, schien die beiden nicht zu interessieren. Tina erzählte irgendetwas von einem Kindergeburtstag und Helen lachte laut. Als Herr Schwarz das Büro betrat, verstummten die beiden sofort. Melli konnte sich ein Grinsen nicht verkneifen.

Melli mochte Kinder und hatte auch sehr gerne als Grundschulsekretärin gearbeitet. Manchmal konnten sie aber auch kleine Quälgeister sein, und es gab Tage, wo sie an ihren Nerven zerrten. Ihr Ex Partner, Kai, wünschte sich Kinder und wollte mit Melli eine Familie gründen. Außer, dass sie auf der gleichen Schule arbeiteten, hatten sie kaum gemeinsame Interessen. Kai ging mit seinen Kumpels am Wochenende gerne ein Bier trinken, Melli bevorzugte gemeinsame Abende auf der Couch, oder genoss die Auftritte und Zusammenkünfte vom Chor. Er konnte nicht singen, was Melli immer bedauerte. Ihm lag auch nichts daran, eines der Konzerte zu besuchen, wovon der Chor mehrmals im Jahr welche gab. Sie lebten sich immer mehr auseinander, woraufhin Melli vor einem halben Jahr die Beziehung beendete. Ein paar Monate später stand die Schließung der Grundschule an, die Klassen waren zu klein. Kai hatte, in einer anderen Stadt, rasch eine neue Stelle gefunden. Paul hatte Melli, bei einer Chorprobe, den Tipp gegeben, sich bei der Anwaltskanzlei zu bewerben, was sie umgehend tat. Eine Woche später folgte die Einladung zum Vorstellungsgespräch. Bei Claudia, ihrer besten Chorfreundin, konnte sie unterkommen, bis sie die Stelle bekam.

Es war kurz nach neun, als Herr Schwarz das Büro betrat. Nicht, dass er gerade erst gekommen war, nein. Er fing immer gegen 8:00 Uhr an. Helen meinte, dass er morgens erst eine Stunde Ruhe brauchte, um seinen Kaffee, den er sich selbst mitbrachte, in Ruhe zu genießen. Dazu las er immer die Tageszeitung.

„Guten Morgen, die Damen."

„Guten Morgen", ertönte es im Chor zurück.

In der rechten, braungebrannten Hand hatte er ein Diktiergerät und hielt es Melli hin.

„Frau Auras, wenn Sie die Briefe hier tippen könnten?" Melli nickte.

„Vielen Dank."

„Sehr gerne." Melli nahm das Diktiergerät entgegen und fing gleich an zu arbeiten. Helen quatsche weiter drauf los und öffnete wieder das Fenster. Melli schüttelte den Kopf und goss sich eine Tasse Tee aus ihrer Thermoskanne ein. Mit dem rechten Zeigefinger strich sie sich eine blonde Haarsträhne aus dem Gesicht. Sie musste bald wieder zum Friseur. Diesmal stand Melli auf und schloss das Fenster.

„Sorry, Helen. Aber ich muss mich aufs Tippen konzentrieren, und das kann ich nicht, wenn es kalt ist, und ich zittere." Mit einem Schulterzucken quatschte Helen weiter mit Tina. Tina war eigentlich dabei, die Ablage zu bearbeiten, doch es schien beiden egal zu sein. Natürlich musste man mal quatschen, aber sie übertrieben es. An ihrem ersten Tag, vor einer Woche, war es bereits so gewesen. Helen hatte Melli ausgequetscht, was sie vorher gemacht hatte, ob sie Kinder habe, und einen Partner. Melli hatte nur mit ja oder nein geantwortet. Helen hatte das getan, was sie immer tat, wenn ihr keine Antwort einfiel. Sie zuckte die Schultern und redete weiter mit Tina. Die Ruhe hielt nicht lange an, denn Helen riss erneut das Fenster auf. Stand auf, stellte sich vor Melli.

„Sorry. Ich kann nicht arbeiten, wenn mir die Schweißperlen auf der Stirn stehen und über das Gesicht laufen, wie ein Wasserfall. Also gewöhne dich schon mal daran. Du kannst dir immer noch einen dicken Pulli anziehen, aber ich kann schlecht nackt hier sitzen."

Das saß. Damit hatte Melli nicht gerechnet. Sie überlegte, ob sie sich ihre Jacke anziehen sollte. Doch erst mal beließ sie es dabei und tippte weiter.

Unwillkürlich dachte Melli an das kleine Adventslicht. Hoffentlich würde sich Herr Schröder bald melden. Sie wollte die Wohnung so sehr. Beim Gedanken an das kleine Adventslicht wurde ihr gleich viel wärmer ums Herz.

Wenigstens am Nachmittag hatte Melli ihre Ruhe. Montags und mittwochs blieben Helen und Tina nur bis zur Mittagszeit. Die anderen Tage musste Melli bis drei Uhr nachmittags mit ihnen ausharren.

Schon nach der Mittagspause begann Mellis Nase zu kribbeln. *Na toll*, dachte sie. Die junge Frau schnäuzte sich die Nase, ein weiteres Niesen folgte. Herr Schwarz kam ins Büro.

„Gesundheit."

„Danke."

„Können Sie die Briefe bitte noch frankieren und mit zur Post nehmen?"

„Na klar."

„Ich verabschiede mich heute etwas früher. Haben Sie einen schönen Feierabend." Der Chef lächelte sie freundlich an. Seine weißen Zähne blitzen hervor.

„Danke gleichfalls". Melli sah Herrn Schwarz nach. In seinem langen, schwarzen Mantel verließ er die Kanzlei. Seine dichten grauen Haare verrieten gleich, dass er nicht mehr der Jüngste war. Melli musste wieder niesen.

Melli fröstelte. Sie musste sich morgen unbedingt wärmer anziehen. Die Angestellte frankierte die Briefe, fuhr den PC herunter, schnappte sich aus ihrer Handtasche ihren Schlüssel, schloss die Tür hinter sich und verließ die Kanzlei. Melli freute sich auf einen ruhigen Abend alleine. Claudia war nach Feierabend in der Stadt mit einer Kollegin zum Essen verabredet, und das würde dauern.

Kapitel 3 / ~ Auch das noch ~

Es war Freitagabend, um neunzehn Uhr. Die Chorprobe hatte gerade begonnen. Melli musste ständig niesen und husten. Christian, der Chorleiter blickte sie schon ganz besorgt an. Melli atmete erleichtert auf, als er erst mal nichts sagte. Sie lutschte ihr Hustenbonbon und hoffte, dass es half, und ihre Stimme sie heute Abend nicht im Stich ließ.

„So ihr Lieben. Ein kurzes Einsingen." Das kurze Einstimmen, das aus ein paar La, la, las oder auch No, no, nos die Tonleiter hoch und runter bestand, und mit einem Kanon am Ende abschloss, bekam Melli noch gerade so hin. Doch das Kratzen im Hals verstärkte sich, sie musste husten. Sie versuchte es zu unterdrücken, schaute immer kurz nach rechts zu Claudia und räusperte sich. Claudia warf ihr von der Seite einen Blick mit hochgezogenen Augenbrauen zu, doch Melli zuckte nur entschuldigend mit den Schultern.

Christian stimmte die Töne an, dann begann er zu spielen. Alle setzten gleichzeitig ein.

> Oh Bethlehem, du kleine Stadt,
> wie stille liegst du hier,
> du schläfst und goldne Sternelein
> ziehn leise über dir.
> Doch in den dunklen Gassen,
> das ew'ge Licht heut scheint
> für alle, die da traurig sind
> und die zuvor geweint.

Doch Melli musste wieder niesen und husten. Es war ihr unangenehm. Christian hatte sie im Blick.

„Melli, was ist mit dir?"

„Ach nichts", krächzte sie fast. Sie winkte ab. „Das geht gleich wieder." Er betrachtete sie mit einem finsteren Blick. An alle gewandt sagte er:

„Fangt mal leise an zu singen und werdet dann lauter. Am Ende der Zeile werdet ihr wieder leiser. Noch einmal."

Sie sangen erneut. Diesmal ging es bei Melli gut. Doch als die Strophe zu Ende war, wurde sie von einem Niesanfall überfallen. Sie kramte sich ihr Taschentuch aus der Tasche und schnäuzte sich die Nase. Normalerweise kam es ihr in dem Proberaum im Pfarrhaus immer sehr warm vor, doch heute fröstelte sie. Diesmal lag es nicht an der Melodie, die tief in ihre Seele zu gleiten schien, sondern an der sich ausbreitenden Erkältung. Sie gingen direkt über in die zweite Strophe.

> Des Herren heilige Geburt
> verkündet hell der Stern,
> und ew'ger Friede sei beschert,
> den Menschen nah und fern;
> denn Christus ist geboren,
> und Engel halten Wacht,
> derweil die Menschen schlafen,
> die ganze dunkle Nacht.

Melli zwang sich leiser zu singen, um ihre Stimme etwas zu schonen. Die dritte Strophe folgte gleich hinterher.

> Oh heilig Kind von Bethlehem,
> in unsere Herzen komm,
> wirf alle unsre Sünden fort
> und mach uns frei und fromm!
> Die Weihnachtsengel singen
> die frohe Botschaft hell:
> Komm auch zu uns und bleib bei uns,
> Herr Immanuel!

Nun überkam sie ein Hustenanfall.

Die Nase musste sie sich erneut putzen. Verdammt.

„Melli, ich glaube, du hast dir eine schlimme Erkältung zugezogen. Ich lasse dich heute nur ungern weiter mitsingen. Du kannst den Rest der Probe gerne zuhören."

„Sorry. Die blöde Zugluft im Büro ist daran schuld."

Christian ging nicht darauf ein.

Melli hasste es. Sie hasste es, wenn sie nicht singen durfte. Aber sie wusste selbst, dass Christian recht hatte. Sie seufzte, klappte ihre Notenmappe zusammen, und ging hinüber zum Fenster. Immerhin war die Heizung an. Sie sah zu Paul, der ihr einen fragenden Blick zuwarf. Sie antwortete nur mit einem Schulterzucken. Melli lauschte noch den anderen Liedern. Eine geschlagene Stunde später meinte Christian:

„So weit reicht es für heute. Nächstes Mal geht's weiter. Das klingt alles schon sehr gut. Aber es geht noch besser. Dann singen wir zum Abschluss der Probe „Go tell it on the Mountain". Die anderen kramten ihre Noten heraus und fingen an zu singen. Melli summte im Flüsterton mit. Gerade bei diesem Lied konnte man nicht stillsitzen. Die Proben gingen immer so zügig vorbei, man merkte nie, wie rasch die Zeit verflog. Melli sah zu, wie die anderen die Stühle zurückstellten. Christian kam auf sie zu.

„Das sieht wirklich nicht gut aus."

„Ich weiß. Ich schone mich am Wochenende."

„Gut. Ich brauch dich, in der Christmette."

„Bis dahin bin ich wieder fit."

„Hoffentlich."

„Na klar. Nächsten Freitag geht das schon wieder besser." Christian betrachtete sie skeptisch.

„Gut, Melli."

Melli atmete erleichtert auf und war froh, dass Christian sie in Ruhe ließ, und sich an Paul wandte. Bestimmt wegen der Aufteilung der Lieder für die Messe und die Liedheftchen, die noch gedruckt werden mussten. Dafür waren meist Paul oder Melli zuständig, da sie beide im Büro arbeiteten und Christian wusste, dass sie die Kopierer auch privat benutzen konnten. Zumindest in der Schule war es bei Melli möglich gewesen. Wie es jetzt in der Kanzlei war, wusste sie noch nicht. Heute freute Melli sich auf die Couch. Sie war überrascht, als Paul nach ihr rief, als sie mit Claudia gehen wollte.

„Melli, hey.“

„Hey.“

„Darf ich dich auf ein Glas Wein einladen? Bei mir zu Hause?“ Melli lachte. Eigentlich wollte sie nur noch auf die Couch. Aber wieso nicht? Vielleicht ging es ihrer Stimme nach einem Glas Wein wieder besser.“ Sie hustete wieder.

„Bei mir brennt schon der Ofen. Wein ist kaltgestellt.“

„Okay, überredet.“ Paul hielt ihr den Arm hin. Melli schaute kurz zu Claudia, die noch wartete.

„Ich gehe noch mit zu Paul. Er hat mich auf ein Glas Wein eingeladen.“

„Na, dann noch einen schönen Abend.“ Melli entging der besorgte Blick nicht, den Claudia ihr beim Verlassen des Raumes zu warf, doch sie sagte nichts.

„Da wir ja nun ein Paar sind“, schmunzelte er. Melli grinste, hakte sich bei ihm unter und zusammen verließen sie das Pfarrhaus.

Kapitel 4 / ~ Ein Abend bei Paul ~

Da Paul etwas außerhalb der Altstadt wohnte, kam er meistens mit dem Auto.

Während er durch die Straßen fuhr, meinte Melli: „Ich sollte früh schlafen gehen. Meine beginnende Erkältung macht mir echt zu schaffen."

„Ich finde es schön, dass du mit mir kommst, auf ein Gläschen. Ich fahre dich auch wieder zu Claudia, daher werde ich auch nicht mehr trinken." Er zwinkerte ihr zu. Sie zwinkerte zurück. Als Paul vierzig geworden war, hatte er die gesamte Chorgruppe eingeladen, und groß gefeiert. Melli freute sich auf ihren dreißigsten im nächsten Jahr. Sie wollte auch eine größere Party geben. Der Chor war inzwischen wie eine Familie. Die musste sie alle einladen. Außerdem war es Tradition, dass, wenn jemand einen runden Geburtstag hatte, ein Ständchen gesungen wurde, das mindestens aus drei Liedern bestand. Paul wohnte in einer Einliegerwohnung. Sie war für ihn alleine fast schon zu groß. Doch sie hatte ihm damals gut gefallen. Sein bester Freund Stefan hatte sie ihm empfohlen. Er hatte das Inserat sogar bei der Sparkasse gesehen, wo sie beide arbeiteten und wusste, dass er etwas suchte.

Paul parkte seinen Wagen in der Garage. Durch den Keller gingen sie ins Haus. Von einem kleinen, hellen Flur, ging es geradeaus ins Wohnzimmer.

„Es ist ja schön warm hier drin", freute sich Melli.

„Ja. Ich habe den Kamin zugestellt. Ein bisschen Restwärme ist noch da. Ich habe ihn gleich nach der Arbeit angemacht. Ich lege nochmal Holz nach, dann lodert das Feuer gleich und du wirst sehen, wie rasch es warm wird." Ihr war schon wieder kalt. Da sie im Auto kaum gesprochen hatten, hatte sich der Husten etwas beruhigt.

„Mach's dir bequem." Paul deutete auf die große helle Couch, die durch die beigefarbenen Kissen ziemlich gemütlich und einladend wirkte. Es war ein großes Designersofa, welches den Platz unterm Fenster ausfüllte. Melli setzte sich, zog ihre Schuhe aus und legte die Beine hoch. Sie gähnte herzhaft. Es war einfach zu einladend. Dem Drang ihrer inneren Müdigkeit konnte sie nicht widerstehen. Sie rieb sich die Augen. Melli hörte das Ploppen, als Paul die Flasche entkorkte. Paul kam mit zwei gefüllten Gläsern portugiesischem Weißherbst wieder zurück und reichte ihr ein Glas.

„Dankeschön."

Melli nahm es, und atmete den Duft von erfrischendem, fruchtigem Himbeeraroma ein.

„Moment. Bin gleich wieder da." Paul stellte sein Glas auf dem Eichentisch ab und verschwand wieder in der Küche. Melli blickte auf das Feuer im Kamin, das bereits zu lodern begonnen hatte und hörte eine Tüte knistern aus der Küche. Gleich darauf kam er mit zwei Schälchen Snacks zurück, und platzierte sie auf dem Tisch. Er nahm sein Weinglas, während er sich neben ihr niederließ und stieß mit ihr an.

„Zum Wohl.", sagte Paul.

„Zum Wohl." Beide tranken einen großen Schluck.

„Auf einen schönen Abend. Wie gefällt es dir denn eigentlich in der Kanzlei?" Melli winkte ab.

„Eigentlich ganz gut. Die Arbeit macht mir Spaß. Aber ich werde mit den Kolleginnen nicht so richtig warm. Außerdem reißen sie ständig die Fenster auf, weil ihnen heiß ist. Zumindest Helen. Bei Tina bin ich mir nicht einmal sicher, ob es ihr überhaupt warm ist oder auch kalt und sie es einfach hinnimmt. Daher auch meine Erkältung."

„Du könntest den Chef um ein Einzelbüro bitten." Melli lachte schallend auf.

„Ich weiß nicht, ob es überhaupt möglich ist. Es gibt neben unserem Büro eigentlich nur noch das Archiv, eine kleine Küche, eine Toilette und das war es dann. Und natürlich das Büro von Herrn Schwarz.

„Du könntest ihn mal fragen. Das geht doch nicht, dass eine Person ständig frieren muss." Melli musste lachen.

„Der Witz ist, sie meinte, ich kann mir immer noch etwas anziehen."

„Das ist ganz schön fies."

„Ja. Ich will aber auch nicht als Memme dastehen. Die Erkältung geht schon wieder weg. Alles halb so schlimm. Ich ziehe jetzt nur noch dicke Pullis an. Vorbei ist es mit dem dünnen Seidenblüschen."

„Melli rede bitte mit Herrn Schwarz. Versprichst du mir das?"

„Ja. Mal sehen." Warum war es ihm so wichtig?

Melli nahm noch einen großen Schluck und stellte ihr Glas ab. Paul saß so nahe neben ihr, dass sie seinen warmen Atem an ihrem Hals spürte. Wieder fragte sie sich, warum hatte sie ihn nicht schon früher genauer betrachtet?

Ihre Handflächen wurden warm. Diesmal lag es nicht an der Erkältung. Sie spürte, wie ihre Wangen sich röteten. Auch das hatte sicher nichts mit dem Wein zu tun.

„Hast du schon was von Herrn Schröder gehört?" Paul wechselte das Thema.

„Leider nein. Ich hoffe, er meldet sich Anfang der Woche. Ich halte es kaum noch aus, und möchte Claudia und Carsten auch nicht länger zur Last fallen."

„Kann ich verstehen, Melli. Wenn es nicht klappt, du weißt, meine Wohnung ist groß genug. Ein Gästezimmer ist vorhanden. Du könntest dort übernachten." Melli zog ihre Beine an und setzte sich aufrecht hin. Sie blickte ihm direkt ins Gesicht. Mit ihrer rechten Hand strich sie ihm über seine rechte Wange. Ihr Herz machte einen Hüpfer. Sie wusste nicht, wann zuletzt jemand so nett zu ihr gewesen war.

„Du bist lieb Paul. Das ist sehr nett von dir."

„Ich weiß." Er grinste. Mellis Magen fing an zu kribbeln. Sie suchte seinen Blick, den er erwiderte. Er sah ihr tief in die Augen. Paul legte seine linke, große, geschmeidige Hand an ihre Wange und strich ihr sachte darüber.

„Ich mag dich sehr", flüsterte er. Sie schauderte.

„Es wurde mir allerdings erst so richtig nach der Wohnungsbesichtigung neulich bewusst. Pauls Kopf näherte sich ihrem. Mit seiner Hand, die immer noch an ihrem Gesicht ruhte, zog er ihren Kopf an sich und küsste sie sachte. Melli hielt seinem immer noch festen Blick stand, und küsste ihn erneut. Sie legte ihre Stirn an seine Brust. Er strich ihr sanft über den Rücken.

„Geht mir ähnlich", krächzte Melli. Diesmal lag es nicht an der Erkältung. Ihre Lippen berührten sich. Diesmal wurde der Kuss leidenschaftlicher. Melli musste wieder an das kleine Adventslicht denken. Ihr Herz raste und in ihrem Magen schienen die Schmetterlinge hin und her zu flattern. Sie küssten sich lange und intensiv. Und die Flamme des Adventslichts hörte in Mellis Gedanken nicht mehr auf zu tanzen.

„Ich sagte doch", flüsterte Paul leise, „wo wir doch jetzt ein Paar sind." Dabei sah Melli ihn lange an. Es fühlte sich gut an, es fühlte sich richtig an. Doch ging es nicht alles ein bisschen schnell? Sie nickte langsam, löste sich aus seinem Griff.

„Ich", sie räusperte sich. Eigentlich würde sie gerne hierbleiben. Sie merkte wie ihre Augenlider immer schwerer wurden. Melli hatte gerade mal zwei Schlucke an ihrem Wein genippt. *Jetzt nur nicht einschlafen,* dachte sie. „Paul, ich sollte besser in mein Bett. Die Erkältung auskurieren. Du hast Christian ja gehört. Ich soll meine Stimme schonen und muss für die Christmette fit werden. Das heute war für mich schon Strafe genug. Es war sehr schön. Aber, es ist spät geworden." Dabei war es nicht einmal Mitternacht. Kurz schien es, als hätte Melli Paul aus der Fassung gebracht, doch er lächelte matt.

„Natürlich. Entschuldige. Ich habe dich überfallen."

„Nein. Alles gut." Melli gab ihm einen sachten Kuss auf den Mund. „Aber ich sollte wirklich schlafen. Ich glaube, ich wäre eine schlechte Zuhörerin und eine schlechte Unterhalterin heute Abend. Sorry."

„Pscht. Alles gut", sagte Paul. „Dann komm. Ich fahre dich heim. Sagst du mir Bescheid, wenn du etwas von Herrn Schröder gehört hast?"

„Klar." Paul fuhr Melli nach Hause. Die Fahrt verlief schweigsam. Melli war froh, dass Paul die Heizung hochdrehte. So warm ihr in seiner Wohnung gewesen war, jetzt fröstelte sie wieder. Paul setzte sie bei Claudia ab. Melli sah, dass noch Licht brannte. Doch sie würde sich nur noch einen Tee kochen und dann ins Bett verschwinden.

„Danke Paul. Und danke für den schönen Abend."

„Können wir den wiederholen, wenn du wieder gesund bist?"

„Ja." Melli lächelte. Ihr Herz fing an zu hämmern und ihr Puls raste.

„Schlaf gut Paul." Mit diesen Worten ließ sie ihn zurück und bemerkte nicht mehr, dass Paul ihr ebenfalls eine gute Nacht wünschte und ihr noch lange nachblickte.

Kapitel 5 / ~ Der erlösende Anruf ~

Es war Sonntag. Melli hatte viel auf der Couch gelegen und geschlafen. Sie war froh, dass Claudia und Carsten gestern zum Einkaufen gefahren waren. Die Einladung der beiden, sie heute mitzunehmen, hatte sie dankend abgelehnt. Sie wollten spazieren gehen. Melli war froh, dass sie die Wohnung wieder für sich hatte. So gerne sie ihre Freunde um sich hatte, so sehr freute sie sich auf eine eigene Wohnung. Es wurde Zeit. Immer noch hatte sie nichts von Herrn Schröder gehört. Melli stand auf, und ging, in Gedanken versunken, durch das Wohn- und Esszimmer. Dann setzte sie sich wieder. Sie atmete tief ein und aus. Die Besichtigung lag nun schon einige Tage zurück. Ob das ältere Ehepaar sich nicht entscheiden konnte? Melli scrollte ihre Handy-Kontakte durch und landete bei Paul. Paul. Sollte sie ihm schreiben? Sie könnten den Abend von Freitag fortsetzen. Nein. Wieso wurde ihr so warm ums Herz? Wieso wurden ihre Hände schon wieder feucht? Ihre Stirn glühte. Aber es sollte doch kein Fieber sein? Sie fühlte sich nicht so schlapp. Sie fröstelte auch nicht. Paul. Noch zeigte das Display seinen Namen an. Wenn sie auf den Hörer drückte, wäre es ein leichtes, ihn anzurufen. Ihr Zeigefinger fuhr vorsichtig über den Bildschirm. Sie zuckte zusammen, als ihr Handy klingelte. Sie sah aufs Display. Es war nicht Paul, aber Herr Schröder. Erneut wurde ihr warm. Melli wischte auf dem Display nach oben und meldete sich:

„Hallo, Herr Schröder."

„Hallo Frau Auras", er sprach nicht gleich weiter, sondern machte eine Pause. Melli klopfte das Herz bis zum Hals.

„Ich wollte Ihnen mitteilen, wenn Sie wollen, können Sie und ähm... Ihr Mann am Freitag in die Wohnung einziehen. Sie können gerne vorher schon Möbel vorbeibringen. Es ist alles fertig. Die Wohnung gehört Ihnen. Klingeln Sie bei mir, dann gebe ich Ihnen den Schlüssel." Sie und Ihrem Mann. Wie sich das anhörte.

„Sehr schön. Ich rufe Sie an, wenn klar ist, wann wir die ersten Möbel bringen. In Ordnung?"

„Ja. In Ordnung. Dann noch einen schönen Sonntag."

„Danke. Den wünsche ich Ihnen auch. Ach, Herr Schröder. Was ist denn mit dem älteren Ehepaar?"

„Ach. Die beiden haben sich für eine Wohnung am Stadtrand entschieden, wie ich es vermutet hatte. Aber mit Ihnen habe ich sicher auch gute Mieter gefunden."

„Ja. Natürlich. Ihnen auch einen schönen Sonntag."

„Danke. Bis dann."

„Bis dann." Melli legte auf. Ihr Herz schlug immer noch schnell, auch ihr Atem ging schneller. Sie musste jetzt Paul informieren. Was hatte sie dazu geritten zu behaupten, dass sie ein Paar wären? Irgendwann musste sie Herrn Schröder sicherlich mit der Wahrheit konfrontieren. Aber jetzt noch nicht. Melli scrollte wieder zu Pauls Namen und drückte diesmal den Hörer. Es klingelte. Nach dem zweiten klingeln hob er ab.

„Melli, wie geht's dir?"

„Hey, danke. Besser. Du Paul, weshalb ich anrufe, Herr Schröder war gerade am Telefon, ich, äh, wir können die Wohnung haben."

„Das ist ja wunderbar. Wann?"

„Ich kann nächsten Freitag einziehen und vorher schon Möbel hinbringen."

„Oh. Sehr gut. Ich bin natürlich dabei und helfe dir. Christian hat doch den kleinen Transporter. Damit kriegen wir sicher das Meiste weg."

„Oh, toll. Danke. Paul, du bist ein Schatz."

„Ich weiß", meinte er und Melli konnte sein Grinsen fast hören.

„Hast du Morgen schon Zeit? Dann können wir die ersten Schränke rüberfahren. Zum Glück ist es nur ein Kleiderschrank, der noch zerlegt bei Claudia im Keller steht. Der Rest sind kleinere Kommoden."

„Ja. Soll ich dich von der Arbeit abholen? Wann hast du Feierabend?"

„Um siebzehn Uhr. Es kann auch später werden."

„Melli, morgen gehst du mal pünktlich. Ich habe um sechzehn Uhr Schluss. Ich rede mit Christian wegen dem Transporter. Dann hole ich dich gleich damit um siebzehn Uhr ab."

„Oh. Okay. Danke, dass du mir hilfst."

„Immer gerne. Einen schönen Sonntag wünsche ich dir noch."

„Danke. Ich dir auch. Bis Morgen."

„Bis Morgen."

Mellis Herz klopfte immer noch. Sie musste was tun. Sie hatte genug gelegen. Sie warf die Kuscheldecke zurück und ging ins Schlafzimmer, wo es ziemlich frisch war. Ihre Fleece Weste hing über der Stuhllehne. Sie zog sie über. Flauschige Wärme breitete sich auf ihrem Oberkörper aus. Melli nahm ihren Koffer aus dem Schrank, und wollte am liebsten schon packen. Aber war es dafür nicht noch zu früh? *Ach was*, dachte sie. Wenn Paul mit ihr bereits morgen den Kleiderschrank in die neue Wohnung fuhr, konnte sie schon mal die Sommerklamotten in den Koffer packen. Der Rest konnte ja an den anderen Tagen eingepackt werden. Sie drehte das Radio an und tanzte witzigerweise zu Dancing Queen. Melli musste lachen. War es ein Zufall, dass das Lied gerade lief? Sie fing an, die T-Shirts in den Koffer zu legen. Erstaunlicherweise hatte sich der Husten ziemlich beruhigt. Ihre Nase kribbelte noch etwas. Vielleicht war alles überstanden, und sie konnte sich ganz auf ihren Umzug konzentrieren. Da war er wieder. Der Gedanke an das kleine Adventslicht. Sie setzte sich aufs Bett und hielt ihr Lieblings-Shirt in den Händen, ein rosa T-Shirt mit einer Blume aus Strasssteinen. Sie roch daran. Es roch nach ihrem Lieblingswaschpulver. Wohlige Wärme breitete sich in ihrer Nase aus. Sie hatte es zuletzt an einem heißen Sommertag getragen.

„Kleines Adventslicht, ich freue mich auf dich", flüsterte Melli. Sie wusste, es war Quatsch mit ihm zu reden. Aber so war sie nun mal. Sie glaubte auch an Engel und an Gott. Die junge Frau glaubte daran, dass irgendwo da draußen jemand war, der jeden und alles beschützte. Und sie wusste, Glaube war etwas Wunderbares. Außerdem liebte sie Kerzen. Nächsten Sonntag war schon der erste Advent. Sie musste die Woche unbedingt einkaufen gehen. Das Adventslicht war schon ziemlich heruntergebrannt. Hoffentlich bekam sie das gleiche nochmal. Die rote Kugelkerze, mit den glitzernden Tannenzapfen darauf, gefiel ihr so gut.

„Melli. Melli. Ich freue mich auch auf dich. Du glaubst nicht, wie sehr. Das wird toll."

„Was war das?" Melli rieb sich das Ohr. Hatte sie etwas gehört? Ein leises Flüstern? Quatsch. Sie musste lachen.

„Was lachst du denn jetzt? Es stimmt. Ich freue mich auch auf dich. Ich war so lange einsam. Das kannst du dir nicht vorstellen. Mein Docht fühlt sich schon ganz trocken an."

Melli lachte wieder. Der Docht fühlte sich trocken an? Sie schüttelte den Kopf. Quatsch.

„Nein. Kein Quatsch. Du wirst es noch früh genug herausfinden."

Melli legte die Stirn in Falten und ging ins Wohnzimmer. Sie brauchte einen Tee, denn sie glaubte, das Kratzen im Hals wieder zu spüren.

Kapitel 6 / ~ Montag ~

Fröstelnd schaute Melli nach draußen. Paul müsste bald kommen. Sie freute sich sehr auf den bevorstehenden Umzug. Auch Christian hatte bereits angerufen, dass er mit Paul alles abgeklärt hatte. Sie schmiegte sich in ihren flauschigen Fleecepulli. Bis mittags war die Erkältung einigermaßen erträglich. Helen öffnete natürlich alle paar Minuten das Fenster. Melli war froh, als Helen bereits mittags ging. So hatte sie den Nachmittag für sich. Die Heizung lief auf Hochtouren, aber wirklich warm war ihr trotzdem nicht. Nun ja. Auch Claudia hatte sie am Sonntagabend noch informiert, dass ihre Möbel nun abgeholt wurden. Claudia freute sich für Melli, auch wenn sie ihre Gesellschaft vermissen würde. Melli seufzte. Es war bereits kurz vor siebzehn Uhr, Paul und Christian müssten jeden Moment vorfahren. Ihr Blick wanderte immer nach rechts zum Fenster. Es war bereits dunkel.

Ihr Herz fing an zu hämmern. Sie schnappte sich ihre Handtasche, und wollte gerade den PC herunterfahren, als es an der Tür klopfte.

„Herein?" Melli seufzte innerlich. Na toll. Sie hatte gehofft, heute pünktlich gehen zu können. Die Tasche legte sie wieder ab.

„Frau Auras." Herr Schwarz kam herein, hielt seinen Aktenkoffer aber schon in der Hand und wollte sich wohl von ihr verabschieden. Der riesige Stapel an Briefen in seiner Hand bereitete Melli etwas Kummer. Hatte sie die heute etwa alle getippt? Es waren schon einige gewesen.

„Ein Glück, dass Sie noch da sind." Er hielt ihr die Briefe entgegen und fragte: „Können Sie die bitte noch frankieren?" Melli nahm die

Scheinwerfer wahr, die sie aus den Augenwinkeln erkennen konnte. Sie hörte das Hupen. Melli rollte mit den Augen.

„Oh. Sie werden abgeholt?"

„Ja. Heute ausnahmsweise." Sie vernahm ein erneutes Hupen.

„Entschuldigung", meinte sie verlegen und spürte, wie ihr die Röte ins Gesicht stieg „Geben Sie sie mir. Ich mache die Briefe noch fertig", meinte Melli. „Vielen Dank. Ich verabschiede mich dann in den Feierabend und wünsche Ihnen auch einen schönen Abend."

„Danke, gleichfalls."

„Guten Abend", klang es von der Haustür her. Es war Paul. „Dein Chef macht Feierabend und du nicht?", fragte er und riss die Augen auf. Melli musste lachen.

„Nein. Er hat mir noch einen Stapel Briefe zum Frankieren hiergelassen."

„Wenn ich dir helfe geht's schneller." Paul schaute Melli an. Sie schmunzelte und kramte die Briefmarken aus der Schreibtischschublade.

„Na dann." Zusammen frankierten sie die Briefe und waren innerhalb weniger Minuten fertig.

„Du kannst froh sein, dass du Herrn Schwarz begegnet ist. Hier müssen die Mandanten nämlich klingeln."

„So, so. Na, ich habe gesagt, dass ich zu dir möchte und er hat mich gleich durchgelassen."

„Glück gehabt." Melli zog den Schlüssel aus ihrer Tasche.

„Fangt ihr schon mal drüben an. Ich fahre hier noch die Computer herunter und komme dann. „Denkt dran. Herr Schröder muss euch noch den Schlüssel geben."

„Ja, na, wird er schon machen."

„Ok, danke. Bis gleich."

„Bis gleich." Melli fuhr den PC herunter, zog sich ihre Jacke an, nahm die frankierten Umschläge, machte das Licht aus und verließ die Kanzlei. Natürlich schloss sie die Tür ab, die sie nicht, wie Helen und Tina es mittags machten, mit einem lauten Knall ins Schloss fallen ließ.

„Und ab in den Briefkasten damit." Es hatte zu nieseln begonnen. Melli musste wieder niesen und das Kratzen im Hals hatte sich wieder verstärkt. Sie hatte länger nichts getrunken und bereute es, für die neue Wohnung keinen Tee gekauft zu haben. Sie hatte nur Wasser vorrätig. Nun ja. Ein Wasserkocher musste auch noch her. Gedanklich machte sie sich eine Notiz. Melli überquerte die Straße und sah, wie Paul und Christian schon den ersten Schrank ins Haus schleppten. Gut, dass es eine Erdgeschosswohnung war.

„Ach Melli", rief Paul. „Herr Schröder hat mir die Schlüssel ohne mich groß auszufragen gegeben. Erinnere mich daran, dass ich dir gleich einen gebe."

„Oh. Sehr gut. Ja, mache ich.

Melli ging zu den Beiden.

„Wo soll der hin?", fragte Paul keuchend.

„Ins Wohnzimmer." Sie hatte beschlossen, die weiße Farbe an den Wänden zu lassen. Diese sah noch gut aus, und weiß war ihr recht, weil dazu alles passte.

„Da hinten, wo die Essecke hinkommen soll." Sie zeigte in die Ecke neben dem Fenster. "Es ist einfach schön, dass es hier so offen ist."

„Ja. Das finde ich auch." Paul sah Melli lange an, diese erwiderte seinen Blick, lächelte und verschwand in die Küche.

„Sorry. Ich muss was trinken." Sie hustete wieder.

„Ist deine Erkältung immer noch nicht besser?", fragte Christian vorwurfsvoll.

„Doch. Ich habe mich am Wochenende gesund geschlafen." Er betrachtete sie kritisch.

„Es sieht ein Blinder, dass es dir nicht gut geht."

„Ach echt?" Sie schaute zur Seite. „Ich dreh mal die Heizungen an, hier kann man ja nur krank werden." Sie ging durch die Räume und drehte überall die Heizung auf. Die Männer bauten Mellis Kleiderschrank und das Bett auf.

„Schafft ihr noch die Couch? Die hätte ich gerne hier. Und vielleicht den Wohnzimmertisch?"

„Dann bestell du in der Zeit schon mal eine Pizza Salami für mich", rief Paul. Melli sah ihm seine Müdigkeit an.

„Und eine Calzone für mich", rief Christian.

„Okay, mach ich." Die beiden waren gerade weg, als es klingelte.

„Habt ihr was vergessen?" rief sie, öffnete die Tür und vor ihr stand Herr Schröder.

„Oh. Herr Schröder", bei Melli machte sich das schlechte Gewissen breit, weil er immer noch annahm, Paul und Melli wären ein Paar. „Danke. Das Sie meinem Freund schon die Schlüssel überreicht haben."

„Ja, ich habe gesehen, dass Sie schon die ersten Möbel bringen. Hier." Er hielt ihr eine Flasche Wein hin, und sah sich um. Die hatte ich eben vergessen. „Bald kommt hier auch wieder Leben rein. Wo sind die Männer denn hin?"

„Die sind noch bei meiner Freundin, um meine Couch und den Tisch abzuholen." Melli wurde rot. Sie hatte sich verraten. Herr Schröder sah sie lange an, sagte aber nichts. Melli stand der Schweiß auf der Stirn. „Die beiden müssten gleich wiederkommen. Vielen Dank für den Wein. Der passt gerade prima, wir wollten gleich Pizza bestellen." Herr Schröders Gesicht hellte sich auf.

„Okay. Dann will ich Sie nicht länger aufhalten. Wenn etwas sein sollte, melden Sie sich. Die Heizung braucht sicher etwas, bis alles aufgeheizt ist. Es tut mir leid, ich hätte sie andrehen sollen."

„Kein Problem." Melli winkte ab, musste niesen."

„Gesundheit. Sind Sie erkältet?"

„Ein bisschen."

„Dann gute Besserung."

„Danke." Erleichtert schloss Melli hinter Herrn Schröder die Tür. Sie lehnte sich kurz gegen die Tür und atmete die angehaltene Luft wieder aus, bevor sie ihr Handy nahm, und die Nummer der Pizzeria wählte. Die kannte sie auswendig, da sie dort öfter für den Chor bestellten. Da die Pizzeria in der Nähe war, bestellte Melli für neunzehn Uhr. Dann sollten sie soweit durch sein.

Kapitel 7 / ~ Verdientes Abendessen ~

Es dauerte nicht lange, und Paul und Christian kamen mit dem Sofa.

„Puh. Also Melli, ich hoffe, du hast die Pizza bestellt. Wenn die Couch aufgebaut ist, lasse ich mich gleich drauf fallen. Ich bin platt, man ist nichts mehr gewöhnt."

„Da stimme ich dir zu. Am Samstag gehe ich joggen. Kannst gerne mitkommen", bot Christian an.

„Hmm, eine gute Idee. Aber wie ich dich Frühaufsteher kenne, hast du bei mir als Langschläfer keine Chance." Christian lachte.

„Du kannst auch am Sonntag ausschlafen."

„Hey, einen Tag in der Woche ausschlafen, ist zu wenig", beschwerte sich Paul.

„Du bist verwöhnt. Melli? Was sagst du dazu?"

Melli hatte das kleine Adventslicht angezündet. Wenn sie schon hier aßen, sollte es auch leuchten.

„Da hast du Recht." Sie lächelte. „Leute, ich gehe rasch die Pizza holen, und schaut mal: „Herr Schröder war hier, und hat eine Flasche Wein vorbeigebracht."

„Oh, nett vom ihm." Paul sah sie wieder mit diesem Blick an, der ihr eine Gänsehaut erzeugte. Melli schnappte sich ihre Jacke, die sie an den Türknauf vom Schrank gehangen hatte, und ging los.

Als sie zehn Minuten später wiederkam, standen das Sofa und der Tisch. Christian kam aus der Küche und hielt drei Plastikbecher hoch.

„Schaut mal, die habe ich aufgetrieben. Haben die letzten Mieter wohl zurückgelassen."

„Sehr praktisch. Die haben mitgedacht. Ein Glück, der Wein hat einen Schraubverschluss", lachte Melli laut auf. „Das wäre es gewesen. Wein und Becher, aber wir kriegen die Flasche nicht auf."

Christian winkte ab und zog sein Schweizer Messer aus der Hosentasche.

„Das Wundermesser. Da ist ein Korkenzieher dran." Sie lachten alle. Jeder nahm sich eine Pizza und sie ließen es sich gut schmecken.

„Puh. Ich kann nicht mehr. Aber wie immer sehr lecker." Die anderen stimmten Christian zu.

„Möchtest du mit zu mir kommen? Hier kannst du unmöglich übernachten. Es ist noch viel zu kalt. Und du siehst sehr müde aus. Du kannst im Gästezimmer schlafen." Paul sah ihr tief in die Augen. Mellis Hände wurden feucht und ihr Herz hämmerte. Wieso eigentlich nicht?

„Okay. Ich hole nur ein paar Sachen aus dem Koffer. Dann können wir."

„Gut, du brauchst keine Zahnputzsachen, ist alles im Gästebad." Melli musste grinsen.

„Mir ist neulich schon aufgefallen, dass du gut ausgestattet bist."

„Können wir?", fragte Christian nach einer Weile. Melli. Du kannst mit in den Transporter. Da haben zur Not auch drei Leute Platz."

„Super."

***

In Pauls Wohnung war immerhin noch ein bisschen Restwärme zu spüren.

„Ich habe ihn, als wir vorhin hier waren um die Couch zu holen, schon angezündet, so brauchte ich den Kamin nur klein zu stellen und jetzt haben wir es wieder schnell warm." Der Kamin gab ein Gefühl von Geborgenheit. Plötzlich musste Melli wieder husten.

„Mist", sie hustete weiter. „Mensch. Wieso jetzt? Es war eben doch gut."

„Wahrscheinlich der Wechsel vom draußen, ins leider auch nicht mehr so warme Haus. Ich mache uns einen Tee, okay?"

„Ja, danke. Sehr gut." Melli kuschelte sich aufs Sofa und nahm die Wolldecke, die am Ende der Sitzfläche lag. Sie kuschelte sich hinein. Paul kam gleich darauf mit zwei Tassen Tee zurück und reichte Melli eine. Sie griff danach. „Danke."

„Sag mal. Hat Herr Schröder nichts weitergesagt?" Sie wurde wieder rot und ihr Magen zog sich zusammen. „Ich habe mich fast verraten. Ich habe gesagt, ihr wärt Möbel holen, womit ich nicht gelogen habe. Dennoch wäre mir fast herausgerutscht, dass ihr die Möbel bei Claudia abholt. Wir müssen es ihm sagen. Oder besser nur ich? Ich habe dich in diese Lage gebracht. Tut mir leid."

„Ach Melli. Alles ist gut. Ich mache das gerne. Ja. Wahrscheinlich musst du mit Herrn Schröder darüber reden. Aber er wird nicht begeistert sein." Melli seufzte schwer.

„Wieso habe ich nicht meine Klappe gehalten?"

„Weil du diese Wohnung von Anfang an wolltest." Sie nickte schwach. „Paul?"

„Hm?"

„Ich habe dich die letzten Tage schon sehr in Anspruch genommen. Doch ich will morgen ein paar Besorgungen im Baumarkt machen. Kannst du mich nochmal nach Feierabend abholen? Ich verspreche, ich frage Herrn Schwarz auch früh genug nach der Post." Paul schmunzelte. „Natürlich. Das mache ich gerne. Ich schaue dann auch nach ein paar Sachen, denn ich schätze, du wirst noch einiges für die Einrichtung brauchen und ich kann so ein bisschen mein Werkzeug auffüllen."

„Paul, du bist sehr lieb. Weißt du das?" Unwillkürlich griff Mellis Hand nach seiner.

„Gott. Melli. Du hast eiskalte Hände." Paul nahm Melli die Tasse aus der Hand und stellte sie auf den Wohnzimmertisch.

„Ja. Diese verdammte Erkältung."

„Paul nahm ihre Hände und rieb sie, bis er spürte, dass auch ihre warm wurden." Zeigte Paul etwa Interesse an ihr? Ihre letzte Beziehung war lange her. Mit Kai hatte sie Schluss gemacht, seitdem hatte sie niemanden mehr näher kennengelernt. Melli hatte allerdings auch ihr Single Leben genossen. Doch so viel Aufmerksamkeit wie von Paul hatte sie von ihrem Expartner nicht bekommen. Sie hatte Kai schnell vergessen. Er war es nicht wert gewesen, dass sie ihm nachtrauerte. Sie lächelte Paul an.

„Danke." Melli strich ihm mit der Hand übers Gesicht. „Danke, dass du mir hilfst. Aber ich sollte jetzt wirklich ins Bett gehen." Er grinste.

„Natürlich. Ich bin auch platt, Melli?"

„Ja?"

„Was, was hältst du eigentlich davon, wenn ich bei dir einziehe?"

Kapitel 8 / ~ Ernsthaft? ~

Melli wusste nicht, wie lange sie in Pauls braune Augen blickte. Er hielt ihrem Blick stand, bis Melli laut auflachte.

„Du meinst das ernst? Oder?"

Paul grinste.

„Bitterernst."

Melli spürte, wie sich die Härchen an ihrem ganzen Körper aufstellten. Ihr Herz klopfte wild. „Und, und das hier?" Melli machte eine ausladende Handbewegung.

„Das Designersofa kommt natürlich mit", Paul zwinkerte ihr zu.

Melli lachte erneut.

„Natürlich. Du hast schon an alles gedacht."

„Es gibt noch einiges zu regeln. Vor allem, wenn du wirklich willst, dass ich mit einziehe. Aber dann bist aus Herrn Schröders scharfem Blick raus, mit dem er dich die ganze Zeit mustert."

Melli blieb für einen kurzen Moment die Sprache weg, und musste dann wieder lachen.

„Er hat mich scharf gemustert? Wann denn das?"

„Vom ersten Augenblick an und besonders, als du am Wohnzimmerfenster gestanden hast und mit der Kerze gesprochen hast." Pauls Augen funkelten. Melli wurde wieder rot. Konnte aber nicht aufhören zu lachen.

„Das habt ihr mitbekommen?"

„Es ließ sich nicht vermeiden. Also. Was hältst du von meinem Vorschlag?"

„Ich bin ehrlich gesagt baff. Aber ich finde es toll, wie sehr du mich bei alldem hier unterstützt."

„Wie viel Bedenkzeit möchtest du?"

„Drei Tage?" Melli zuckte mit den Schultern, strich sich auf beiden Seiten die Haare hinter die Ohren. Paul griff nach ihrer Hand.

„Du hast so schöne, warme Hände", flüsterte Melli.

Paul rückte etwas näher an Melli heran, so dass ihre Beine nebeneinander lagen. Er legte seine Arme um ihren Rücken. Melli ließ sich gegen ihn fallen. Eine solche wohlige Wärme und Geborgenheit hatte sie lange nicht mehr verspürt. Sein kuscheliger Pullover roch nach Frühling. Melli musste lachen, weil es dasselbe Waschmittel war, was auch sie benutzte.

„Seit wann hast du dir das überlegt?"

Paul grinste wieder.

„Vom ersten Moment an, in dem wir in der Wohnung waren. Und deine Hände sind schon wieder kalt." Er rieb sie wieder, bis sie warm wurden, ließ sie nicht los.

„Was?" entfuhr es Melli lauter als beabsichtigt.

„Melli?"

„Hm?"

„Ich mag dich sehr. Wieso ich mir dessen jetzt erst bewusst geworden bin, weiß der Geier. Aber ich war ein Dummkopf. Wie lange singen wir schon zusammen im Chor?"

„Zehn Jahre. Ich mag dich auch sehr und vielen, vielen Dank schon mal, dass du mir so hilfst."

„Sehr gerne. Und jetzt hast du dich langsam genug bei mir bedankt. Können wir jetzt das fortsetzen, wo wir letztes Mal aufgehört haben?" Paul grinste breit. Melli lachte, drehte sich zu ihm um. Pauls Mund näherte sich ihrem. Ihre Lippen berührten sich. Sie schloss die Augen, blinzelte kurz, sah, dass Paul die Augen auch geschlossen hatte. Sie spürte seine Zunge, wie er mit ihrer das Spiel suchte und sie sanft küsste, erneut das Spiel suchte und fordernder wurde. Melli genoss diesen Kuss. Sie führten es eine Weile fort, bis Paul den Kuss langsam löste und sie an sich zog.

„Tja. Ich würde sagen, jetzt sind wir offiziell ein Paar."

„Du hast gewonnen." Melli stupste ihn sachte in die Rippen. „So. Ich fürchte ich muss nun langsam ins Bett und ja, ich würde gerne das Gästezimmer vorziehen." Sie zwinkerte ihm zu.

„Schade", meinte Paul. Melli musste lachen, weil er seine Mundwinkel nach unten zog.

„Schmolle nicht. Es ist spät geworden. Ich muss schlafen. Und ich sehe in deinen Augen, was du gerne tun würdest. Aber dann haben wir beide eine sehr kurze Nacht."

Paul musste laut lachen.

„Das hast du gesagt. Also willst du es auch. Nun gut. Das wird nachgeholt. Komm, ich zeige dir das Gästezimmer." Das genannte Zimmer lag direkt neben dem Gästebad. Es war sehr groß. Ein Doppelbett stand darin. Melli konnte sich ein Grinsen nicht verkneifen.

„Du hast schon bei der Einrichtung hier an alles gedacht."

Paul lachte. „Man weiß ja nie, was kommt." Im Gästezimmer war es etwas kühler und Melli musste wieder husten.

„Soll ich dir noch einen Tee machen?"

„Das wäre sehr nett."

Paul ließ Melli alleine zurück. Sie schnappte sich ihr Nachthemd und verschwand ins Bad. In ihrem Kopf fuhren die Gedanken Achterbahn. Was hatte das alles zu bedeuten? Ihr Herz klopfte schnell. Im Spiegel sah sie ihr rotes Gesicht. Nur kurz dachte Melli wieder an das Adventslicht. Leise flüsterte sie:

„Danke, liebes Lichtlein."

Sie atmete tief durch, drehte den Wasserhahn auf, lauschte kurz dem rauschenden Wasser, nahm zwei Hände voll und wusch sich das Gesicht. Sie spürte das kühle Nass, und betrachtete sich im Spiegel., Die Wasserperlen liefen an ihren Wangen hinab und tropften ins Waschbecken. Sie griff nach dem Handtuch, und trocknete sich das Gesicht ab. Melli putze sich die Zähne und ahnte bereits, dass sie lange keinen Schlaf finden würde. Hoffentlich beruhigte der Tee nicht nur den Hals. Sie hustete wieder und die Nase lief auch. *Na toll*, dachte Melli. Glücklicherweise fand sie in der Waschtischschublade ein Taschentuch. Sie putze sich die

Nase, und befühlte ihre Stirn. „Das war wohl die innere Aufregung",
sagte sie sich.

Kapitel 9 / ~ Besorgungen ~

Natürlich war die Nacht bei Paul im Gästezimmer viel zu kurz gewesen. Melli dachte vor dem Einschlafen an das Adventslicht. Sie hatte gesehen, wie sehr seine Flamme tanzte. Als wäre es froh, nach so langer Zeit endlich wieder leuchten zu dürfen. Sie wurde von mehreren Hustenanfällen in der Nacht durchgeschüttelt, und musste sich den Bauch halten, weil ihre Rippen schon schmerzten. Natürlich hatte sie ihre Bonbons vergessen, die sie in solchen Fällen lutschte und die ihren Hals meistens beruhigten. Erst in den frühen Morgenstunden war sie vor Erschöpfung doch eingeschlafen. Sie bemerkte, dass ihre Stirn glühte und ihr der Schweiß regelrecht darauf stand. Doch sie würde sich gesund schlafen. Es hatte schon einmal funktioniert.

Melli überstand einen weiteren Tag auf der Arbeit, auch wenn sie die ganze Zeit niesen und husten musste. Das Sprechen ließ sie ganz. Das Annehmen von Telefongesprächen gehörte auch zu ihren Aufgaben, doch Tina hatte sich netterweise angeboten, dies zu übernehmen, da Melli nur krächzte und kaum mehr einen Ton herausbekam. Aus den Augenwinkeln konnte sie sehen, wie Helen den Blick auf Tina gerichtet, die Augen verdrehte. Melli sagte nichts mehr. Sie machte ihre Arbeit. Eigentlich war sie nicht so. Aber wenn sie eines nicht leiden konnte war, wenn Andere keine Rücksicht nahmen. Sie nahm Rücksicht, immer und wo sie konnte. Sie war es ihr Leben lang gewohnt, immer zurückzustecken. Wie bei der Berufswahl. Gerne hätte sie wieder als Grundschulsekretärin gearbeitet, doch viele Grundschulen mussten schließen, ihre hatte dazugehört. Ihre Gedanken schweiften wieder zu Paul. Paul hatte ihr damals den Tipp gegeben, sich bei der Kanzlei zu bewerben. Sie hatte nicht lange überlegt, es war mal etwas anderes, wenn sie auch die Kinder vermissen würde. Immer mal waren welche ins Sekretariat gekommen, um ihre Eltern anzurufen oder weil sie sich verletzt hatten. Es gab auch welche, die nie bei ihr waren, aber von den meisten kannte sie die Namen. Aber gut, das war Vergangenheit. Sie freute sich. Gleich würde Paul sie abholen. Melli sah auf die Uhr. Diesmal hatte sie rechtzeitig Herrn Schwarz nach der Post gefragt. Sie wollte pünktlich raus. Gleich darauf fuhr Paul vor und Melli schaltete den PC aus, schnappte sich ihre Tasche, und schaltete das Licht aus. Diesmal war Herrn Schwarz noch da. Sie verließ das Büro und klopfte bei ihm an.

„Herein."

„Ich bin dann weg."

„Sie werden wieder abgeholt", schmunzelte er.

„Ja", brachte Melli heiser hervor.

„Dann schönen Feierabend und gute Besserung."

„Danke. Und machen Sie nicht mehr so lange."

„Nein. Bin auch gleich weg. Bis Morgen."

„Bis Morgen."

Melli verließ die Kanzlei. Sie lief durch die dichten Nebelschwaden, die sich den ganzen Tag nicht aufzulösen schienen. Jetzt war es bereits stockdunkel. Nur das Licht der Straßenlaternen leuchtete ihr den Weg und natürlich die Scheinwerfer von Pauls Auto. Bei den meisten Häusern um den Marktplatz waren die Rollladen bereits heruntergelassen. An einigen Fenstern leuchteten Weihnachtslichter. Stimmen vom Weihnachtsmarkt, der seit einer Woche eröffnet hatte, drangen zu ihr herüber, Glühweinduft zog ihr in die Nase. Immerhin war die noch nicht verstopft.

„Hey", sie bekam wieder keinen Ton heraus.

„Melli. Du solltest mal ein paar Tage krank machen. Deine Erkältung ist wieder schlimmer geworden. Ich habe heute Nacht gedacht, du erstickst mir."

Das hatte er also auch mitbekommen.

„Ich kann nicht krank machen. Ich habe gerade erst bei der Arbeit angefangen. Das wird schon wieder", flüsterte Melli. Sie wollte selbst ihre Stimme schonen.

Paul schüttelte den Kopf.

„Das sehe ich. So kannst du dir die Probe am Freitag gleich sparen. Christian wird begeistert sein."

„Claudia könnte das Duett genauso mit dir singen, wie ich."

„Nein. Sie klingt anders. Sie hat eine dunklere Stimme als du."

„Ach Paul. Danke", sagte Melli, grinste und griff nach Pauls Hand. Schweigend fuhren sie zum Baumarkt.

**

Melli und Paul bemerkten den schwarzen Audi nicht, der in der zweiten Reihe parkte und ihnen langsam folgte. Kai, der eigentlich in eine andere Stadt gezogen war, vermisste seine Exfreundin. Wieso hatte er den Kampf um sie einfach aufgegeben? Er fuhr sich durch seine blonden Locken, und schob die Brille, die immer wieder nach unten rutschte, mit dem Zeigefinger nach oben. Wer war der Typ, der mit Melli aus der Kanzlei gekommen war? Eine ehemalige Lehrerin, mit der Melli hin und wieder telefonierte, hatte Kai verraten, wo Melli jetzt arbeitete. Er folgte den Beiden bis zum Baumarkt. Doch er würde ihnen hier nicht auflauern. Nein. Er hatte ein Zimmer im Stadthotel gemietet, und wollte Melli morgen früh in der Kanzlei einen Besuch abstatten. Er hatte einen schlimmen Fehler gemacht. Ein Stich von Eifersucht durchzuckte ihn, als er sah, dass der Fremde Melli den Arm um den Rücken legte und sie gemeinsam in den Baumarkt gingen. Hatte sie so schnell einen neuen Partner kennengelernt? Wo? War er vielleicht ein Anwalt? Hatte sie ihn, der sie immer aufrichtig geliebt hatte, so schnell vergessen? Zitternd griff Kai nach der kleinen Schnapsflasche, die er für alle Fälle dabeihatte. Er wischte sich den Schweiß von der Stirn. Das war ein für alle Fälle Fall. Er drehte den Schraubverschluss auf und nahm einen kräftigen Schluck. Seine Kehle brannte. Ein zweiter Schluck folgte, ehe er langsam zum Hotel fuhr. Die Flasche hatte er griffbereit in der Seitentür verstaut.

„Ich gehe direkt zur Kerzenabteilung", rief Melli. Im Baumarkt angekommen musste sie wieder heftig husten. Paul kam ihr nach. „Melli. Ich meine es ernst", hielt er sie zurück. „Du solltest zumindest zum Arzt gehen und dir was verschreiben lassen. Oder wir fahren gleich an der Apotheke vorbei und besorgen etwas."

„Okay. Danke." Ihr Herz klopfte wieder, als sie in die Kerzenabteilung, die sich gleich hinter der Weihnachtsdekoration befand, hetzte. Doch, was war das? Sie stoppte kurz. Sie sah einen süßen Elch-Teelichthalter, der bestimmt wunderschön leuchtete. Der musste auf jeden Fall mit. Sie griff danach, hielt ihn fest. Sie setzte ihren Gang, bewaffnet mit dem Teelichthalter, fort.

***

Die Kugelkerzen hatten mitbekommen, dass Melli auf dem Weg zu ihnen war. Das lag an ihrer Magie, die jede von ihnen innehatte. Doch nur wenige Menschen ließen sich davon verzaubern. Melli war anders, das wussten die Kerzen. Sie waren ganz aufgeregt und redeten wild durcheinander.

„Hört ihr sie? Ich höre sie kommen. Sie wird jetzt eine von uns aussuchen. Bin gespannt, für welche sie sich entscheidet."

„Ha. Bestimmt für mich", meldete sich die Kugelkerze von rechts. Sie sahen alle gleich aus. Rot mit herunterhängenden Tannennadeln.

„Quatsch nicht herum. Die Blonde nimmt mich", freute sich die Kerze in der Mitte. *Ihr wisst doch. Meistens greifen die Leute nach den Kerzen in der Mitte. Weil, wir so praktisch hier liegen. Die ganze Zeit. Schon so lange. Aber nur eine wird es treffen."*

„Vielleicht nimmt sie auch zwei. Ich kann es spüren, dass Melli uns jeden Abend anzünden wird. Dann sind wir schneller heruntergebrannt, als uns lieb ist. Und sie hat noch eins auf Lager," vermutete die Kerze ganz links.

„Jetzt haltet Ruhe! Sie ist gleich da. Ich höre sie husten. Mein Gott, die Arme sollte sich schonen."

„Na. Melli hat ja im Moment genug Probleme. Jetzt ist da auch noch Paul und will bei ihr einziehen."

„Also ich finde das gut. Melli hat jemanden wie Paul verdient, die Beiden gehören zusammen."

Die Kerze von links gab zu bedenken:

„Ganz ehrlich. Wir haben da noch viel Arbeit vor uns. Oh. Sie kommt. Sie kommt näher. Fast hat sie uns erreicht."

„Halt endlich die Klappe! Zu deiner Info. Wir haben unsere Magie ja nicht umsonst, falls du das noch nicht kapiert hast. Aber jetzt Ruhe!"

***

Melli hatte endlich das Regal erreicht, welches sie suchte. Ganz unten rechts, lagerten die Kugelkerzen. Ja, es schienen genau die gleichen zu sein, wie die, die in der Wohnung war.

„Habe ich euch gefunden."

„Ja. Hast du. Hast du. Komm. Nimm mich. Ich liege hier schon solange eingequetscht. Ich will hier endlich raus." Kam es von links.

„Nein!" brüllte das von rechts regelrecht. Melli glaubte sich verhört zu haben. „Nimm mich!" ertönte es leise in Mellis Ohr. Sie lächelte.

„Ihr seid alles Kerzen voller Magie, was?", flüsterte sie.

„Ich wusste doch, dass du es weißt. Komm. Nimm mich. Mich hier in der Mitte. Mir wird schon ganz eng um meinen Docht."

Melli musste schmunzeln und griff beherzt nach der in der Mitte.

„So. Soll ich es bei dir belassen oder kommt noch eine als Ersatz mit?"

„Noch eine zusätzlich", brüllte die von rechts wieder.

„Na gut. Dann nehme ich dich auch noch mit", flüsterte Melli wieder. Sie zuckte zusammen, als Paul sich von links anschlich.

„Ich weiß ja nicht, was du mit denen sprichst. Aber ich finde es irgendwie süß." Melli grinste. Sie wusste, dass er nicht gläubig war. Vielleicht konnte sie ihn aber vom magischen Weihnachtszauber, der in der Adventszeit sowieso in der Luft lag, überzeugen.

„Du wirst es schon noch merken."

„Genau. Melli hat recht. Paul, du wirst uns noch lieben lernen." Paul stutzte kurz, sagte aber nichts. Er hatte in der Hand eine Wasserwaage und zwei Packungen mit Schrauben. Melli lachte.

„Das ist ja gar nicht so viel."

„Hm. Ich hätte einen Einkaufswagen mitnehmen sollen. Habe schon noch das ein oder andere gesehen. Aber vielleicht fahre ich am Wochenende nochmal hier vorbei."

„Okay. Ich bin auch fertig. Können wir?

Kapitel 10 / ~ Arbeitsalltag ~

„Melli. Ich wünsche dir einen schönen Arbeitstag. Lass dich nicht ärgern", sagte Paul mit einem besorgten Blick, der Melli Gänsehaut bescherte. Er hatte angeboten, sie mitzunehmen. So musste sie die Strecke nicht mit der Bahn fahren. Wann hatte sie zuletzt jemand so angeschaut? Es war mindestens ein halbes Jahr her. Wobei, wenn sie es recht überlegte, sicher noch länger. Sie schüttelte den Kopf. Wieso musste sie ausgerechnet jetzt an Kai denken?

„Ich versuche es. Dir auch einen schönen Arbeitstag."

„Danke. Ich hole dich hier um siebzehn Uhr ab. Okay?"

„Okay, ich freue mich, wenn es heute Abend weitergeht. Vielleicht kann ich dann schon in", Melli überlegte kurz, meinte dann aber lächelnd „unserer Wohnung schlafen." Sie stieg aus und das Lächeln wollte nicht aus ihrem Gesicht weichen. Sie blickte Paul nicht hinterher, sonst wäre sie wahrscheinlich umgekehrt und hätte ihn gebeten, sie mitzunehmen. Sie hörte ihn aber erst einige Sekunden später wegfahren und konnte das Grinsen auf seinem Gesicht förmlich spüren.

Heute war Melli wieder die Erste. Vor ihrer Zeit musste das immer Helen gewesen sein. Aber nicht vor acht Uhr. Melli war bereits kurz vor der vollen Stunde da, weil Pauls Arbeitstag ebenfalls um dieselbe Zeit begann.

Noch war es heiß im Büro. Selbst Melli war es kurz zu warm. Doch sie öffnete die Fenster nicht. Sie stellte stattdessen die Heizung eine Stufe zurück. Helen würde die Fenster sofort öffnen, wenn sie ankam. Melli zog ihren Mantel aus, und hängte ihn an den Kleiderhaken hinter der Tür. Sie fuhr den PC hoch und nahm aus ihrer Tasche die Thermoskanne mit Ingwer-Zitronen Tee, den Paul ihr zubereitet hatte. Melli goss sich eine Tasse ein und hörte, wie sie es jeden Morgen machte, die Nachrichten auf dem Anrufbeantworter ab. Zwei Mandanten hatten Termine für heute Nachmittag abgesagt. Der Chef würde sich freuen. Aber er würde wieder den Kopf schütteln, wieso manche Mandanten die Termine nicht einhielten, wo es doch meistens um wichtige Dinge ging. Sie notierte sich die Namen auf kleinen Zetteln und schrieb die Telefonnummern hinzu. Schon war es mit der Ruhe vorbei. Tina und Helen schienen heute zur gleichen Zeit einzutreffen. Lautes Gelächter ertönte im Flur. Obwohl die Tür zu war, schallten ihre Stimmen regelrecht in Mellis Ohren.

„Guten Morgen", flötete Helen. Sie schien guter Laune.

„Guten Morgen ihr beiden", versuchte Melli es freundlich. Es kam aber mehr als ein leises Piepen aus ihrem Mund.

„Guten Morgen", grüßte auch Tina sie. Sie betrachtete sie einen Augenblick länger als gewöhnlich, wahrscheinlich sah sie, dass es ihr nicht gut ging, fragte aber nicht nach.

„Was ist denn das wieder für eine Hitze?", kam es prompt von Helen und ihre gute Laune schien sich schlagartig zu ändern. Sie machte die Fenster auf.

„Hast sicher nicht durchgelüftet, Melli. Oder?"

„Nein. Mir ist kalt."

„Ach, wenn ein bisschen Luft hier in die stickige Bude kommt, wird dir rasch wieder warm, du wirst schon sehen."

Tina räusperte sich. „Helen. Ich glaube, Melli geht es wirklich nicht gut."

„Ach, papperlapapp."

Durch die frische Luft, die ins Zimmer drang, fing Mellis Nase wieder an zu laufen. Sie musste sich schnäuzen. Prompt wurde sie auch wieder von einem Hustenanfall durchgeschüttelt. Sie spürte auch ihre Stirn, die wie ein heißer Feuerball zu glühen schien. Melli hielt sich kurz die Hand gegen die Stirn und war sich sicher, dass sie bestimmt Fieber hatte. Doch sie nahm das Diktiergerät, das Herr Schwarz noch gestern Abend hingelegt haben musste, steckte sich die Ohrstöpsel in die Ohren und fing an, die ersten Briefe zu tippen. Helen und Tina unterhielten sich über Gott und die Welt. Es kam nur bruchstückhaft bei ihr an.

„Guten Morgen, die Damen", unterbrach Herr Schwarz Tinas und Helens immer noch andauernde Unterhaltung. Das Fenster stand sperrangelweit auf.

„Mensch, Helen. Machen Sie doch mal das Fenster zu. Es ist wie im Eiskeller hier drin. Frau Auras, geht's Ihnen nicht gut?" Ihr Chef blickte Melli mit einem besorgten Blick an.

Obwohl sie eigentlich nicht los husten wollte, wurde Melli erneut von einem heftigen Hustenanfall durchgeschüttelt, der ihr Schweißausbrüche auf die Stirn trieb.

„Doch, doch."

Helen stand seufzend auf und schloss das Fenster. Melli trank einen Schluck Tee und nahm eine Schmerztablette. Die hatte sie letzte Nacht doch besser als gedacht schlafen lassen. Vielleicht würde die erneut helfen.

Es dauerte nicht lange, und Helen öffnete erneut das Fenster.   Ausgerechnet heute hatte Helen ihren langen Tag bis nachmittags um zwei Uhr. Immerhin konnte Tina sich gleich verabschieden, da würde die Quatscherei aufhören.

„Ach Melli. Hier ist noch die Eingangspost. Was wäre, wenn du diese noch durchgehst und zu Herrn Schwarz bringst?"

„Selbst dazu war Helen noch zu faul. Melli überlegte kurz. Kurzentschlossen fragte sie sich, wie blöd sie eigentlich selbst war? Helen sollte ihre Arbeit selbst machen. Sie sagte, so gut es ihre Stimme erlaubte, jedoch lauter als beabsichtigt:

„Nein Helen. Es ist deine Aufgabe, die Post durchzugehen. Einen Eingangsstempel kriegst du sicher noch darauf gestempelt. Oder?" Helen wirkte kurz erschrocken. Hob die Augenbrauen und meinte:

„Na. Erst drei Wochen hier und schon so frech. Wenn das der Chef erfährt."

„Helen, jetzt lass mal gut sein", mischte Tina sich ein. „Du weißt genau, wenn das der Chef erfährt, bekommst du den Anschiss."

Helen drehte sich beleidigt um. Griff nach dem Datumsstempel, stellte das Datum ein und stempelte die Eingangspost ab. Drückte den Stempel jedes Mal so laut auf, dass Melli und Tina es hören mussten. Sie stand erhobenen Hauptes auf und brachte die Unterschriftenmappe zu Herrn Schwarz.

„Danke", meinte Melli leise.

„Gerne. Tut mir leid. Helen ist eifersüchtig, weil sie glaubt, dass du ihren Posten weggeschnappt hast. Weißt du, bisher, war sie hier immer die Chefsekretärin, oder hat so getan." Tina grinste breit. „Aber jetzt kommst du. Ein junges Ding, wie sie es nannte. Dass Herr Schwarz dich eingestellt hat und dass du sie nur unterstützt, will sie nicht einsehen. Sie behauptet, du hättest ihre ganze Arbeit weggenommen. Aber Herr Schwarz hat schnell gemerkt, was er an dir hat. Denn so schnell wie du, kam Helen mit dem Schreiben nicht hinterher. Daher gibt er auch nur dir die Hauptarbeit. Helen macht ja mehr oder weniger nur noch Ablage. Auch nicht die feine Art, aber nun ja.

Melli musste lachen.

„Oh. Ich mache meine Arbeit, einfach wie ich es an jeder anderen Stelle auch gemacht hätte. Natürlich unterhalte ich mich auch mal gerne. Aber Helen quatscht ja nur. Und sie war von Anfang an nicht besonders nett zu mir. Meine Güte, auf die Idee wäre ich nun wirklich nicht gekommen. Ich kann nur sagen, sie ist echt anstrengend. Und ich spiele hier nicht. Mir geht's wirklich mies."

„Melli. Das sieht ein Blinder. Selbst der Chef hat es gemerkt." Sie nickte.

„Helen ist so. Sie meinte gleich zu mir, als der Chef sagte, dass du anfängst, na, der werde ich es zeigen. Nimm sie einfach nicht so ernst. Sie kann auch anders. Glaube mir."

„Na, gut zu wissen. Danke. Ich stehe den Tag noch irgendwie durch und gehe morgen zum Arzt. Versprochen."

„Gut. Bist gar nicht so übel", meinte Tina und Melli lächelte zum ersten Mal ehrlich an diesem Tag und freute sich, dass wenigstens eine Kollegin sie mochte.

Im Büro war allmählich Ruhe eingekehrt, jeder ging seiner Arbeit nach. Helen schien nun auch sauer auf Tina zu sein. Melli grinste vor sich hin und tippe weiter, mit dem Handrücken fuhr sie sich über die schweiß-nasse Stirn. Das plötzliche Klingeln ließ alle drei von ihrer Arbeit auf-horchen. Herrn Schwarz Mandant war vor fünfzehn Minuten gekom-men. Tina erhob sich mit gerunzelter Stirn, ging zur Tür. Melli bekam nicht wirklich etwas mit, erst als Tina zurückkam, mit Kai im Schlepp-tau. Kai? Was wollte der denn noch? Nach einem halben Jahr? Oder län-ger? Er torkelte geradezu auf ihren Schreibtisch zu.

„Melli."

„Kai. Was willst du?" Aus den Augenwinkeln nahm Melli Helens Sei-tenblick war. Tina setzte sich wieder hin und wandte sich ihrer Arbeit zu. Angewidert drehte Melli den Kopf zur Seite.

„Ich war dumm. Wie konnte ich so dumm sein. Melli. Ich vermisse dich. Ich liebe dich noch. Wir hatten doch so eine schöne Zeit zusam-men." Melli wunderte sich das sie seine Worte, die er regelrecht herunter lallte, doch so deutlich verstand.

„Kai. Du gehst jetzt besser. Ich bin hier mitten in der Arbeit. Geh jetzt bitte und lasse dich nie wieder blicken."

„Melli, nein. Ich werde um dich kämpfen."

„Geh!", rief Melli so laut es ihrer Stimme möglich war. Sogar Helen zuckte kurz zusammen. „Gerade in diesem Zustand solltest du hier nicht auftauchen. Du bist betrunken."

„Ich musste mir etwas Mut antrinken, Melli." Helen unterdrückte ein Lachen.

„Raus jetzt! Es ist aus. Du hast mir vor einem halben Jahr nicht nach-getrauert, also brauchst du es auch jetzt nicht tun. Verschwinde!" Kai hatte die Tür offengelassen und so sah Melli, dass sich die Tür von Herrn Schwarz Büro öffnete. War sein Gespräch beendet? *Gut so*, dachte Melli.

„Kai. Bitte geh." Melli musste wieder husten.

„Es geht dir nicht gut Melli. Du solltest zum Arzt."

„Kai. Bitte zum letzten Mal. Geh!"

„Was ist hier los?", schaltete sich nun Herr Schwarz ein.

„Sagen Sie bitte meinem Ex-Freund das er verschwinden soll. Ich will nichts mehr von ihm wissen."

„Na los. Raus hier. Betrunkene dürfen sowieso nicht in die Kanzlei. Raus mit Ihnen!" Herr Schwarz öffnete die Eingangstür und endlich gab Kai auf, er verließ mit hängendem Kopf die Kanzlei.

„Alles in Ordnung?", fragte Herr Schwarz an Melli gewandt. Er sah, wie sie leicht zitterte.

„Ja. Ja. Es geht schon wieder. Vielen Dank."

Sehr gerne, Frau Auras."

Tina und Helen sagten kein Wort, als auch Herr Schwarz das Büro wieder verließ. Melli war ihnen dankbar. Schon immer hatte Kai gerne einen getrunken. Aber so hatte selbst sie ihn noch nicht erlebt. Sie hatte ihn aus ihrem Gedächtnis verbannt, seit er in eine andere Stadt gezogen war. Was hatte es zu bedeuten, dass er ihr jetzt hier auflauerte? Sie wusste es nicht. Melli tippte weiter die Briefe, das würde sie hoffentlich ablenken. Die Blonde wusste nur, dass Kai gerne mal einen getrunken hatte. Aber wann war er denn so tief gesunken? Melli wusste es nicht. Hatte er nach ihrer Trennung wirklich mit sich zu kämpfen? Hatte er sich nicht mehr unter Kontrolle? Er würde seinen Job als Lehrer doch nicht aufs Spiel setzen. Eigentlich war es ihr auch egal. Hauptsache, er ließ sie in Ruhe.

***

Tina ging um Zwölf Uhr, was Melli fast bedauerte. Helen sagte nichts mehr. Natürlich öffnete sie wieder das Fenster, was Melli jedes Mal mehr eine Gänsehaut bescherte. Dann tauchte immer wieder Kai vor ihren Augen auf. Er konnte sie unmöglich zurückwollen. Dafür hatten sie sich zu sehr auseinander gelebt. Was wollte er? Wieso jetzt? Wer hatte ihr gesagt, dass sie hier arbeitete? Fragen über Fragen.

Erleichtert atmete sie tief ein und aus, als Helen um Punkt Vierzehn Uhr das Büro verließ. Wie immer pünktlich wie die Maurer. Herr Schwarz brachte eine neue Kassette zum Schreiben. Melli spürte die Schweißausbrüche auf ihrer Stirn, und nahm erneut eine Tablette. Sie fühlte sich plötzlich so schwach. Kai hatte dazu noch beigetragen. Sie hatte kaum einen Bissen von dem Butterbrot runter bekommen, das

Paul ihr heute Morgen liebevoll geschmiert hatte. Er hatte sogar zwei Mandarinen in ihre Tasche gelegt. Melli spürte, wie ihr Herz beinahe vor Rührung zersprang. Gleichzeitig wollte es gerade vor Wut explodieren. Melli machte sich an die Mandarinen. Ein bisschen Vitamin C würde ihr guttun. In ihrer gewohnten Geschwindigkeit tippte Melli die Briefe herunter. Doch sie merkte, dass sie sich beim Durchlesen nicht recht konzentrieren konnte. Die Schweißausbrüche auf ihrer Stirn wurden mehr. Sie wischte sie mit einem Taschentuch weg. Ihr wurde warm. Sie zog die Weste aus. Sie musste über sich selbst lachen. Sollte sie jetzt das Fenster öffnen? Nein. Wäre Helen da, die würde sie auslachen. Melli druckte nach und nach die Briefe aus und legte sie in die Unterschriftenmappe. Ihr Chef war gerade in einem Gespräch. Es war erst fünfzehn Uhr. Sie brauchte eine Pause, und zog ihr Handy aus der Tasche, doch es war nichts eingegangen. Sollte sie Paul schreiben, dass er sie früher abholen sollte? Ja. Es würde ihr guttun. Kai würde sie nicht erwähnen.

***

Kai war immerhin noch so viel bei Verstand, dass er wusste, dass er so nicht weiterkam. Er fuhr zum Pfarrhaus. Dort ergatterte er glücklicherweise einen Parkplatz, mit Blick in Richtung Kanzlei. Er dachte an Melli. Sie wollte ihn tatsächlich nicht mehr. Mit immer noch zitternden Händen griff Kai nach der Flasche auf dem Beifahrersitz, und nahm einen weiteren Schluck. Er merkte nur wie seine Augen sehr schwer wurden. Aber wen wunderte es? Er hatte schließlich die ganze Nacht nicht geschlafen. Die Wärme des Alkohols rann seine Kehle hinab. Er drehte die Flasche wieder zu, ließ sie auf den Sitz sinken und schloss die Augen. Nur einen kurzen Moment ruhen. Das war ihm wohl vergönnt.

***

<Hallo, mein lieber Schatz. So darf ich dich doch jetzt nennen? Kannst du mich bitte in einer Stunde abholen? Mir geht es wirklich nicht gut. Aber die Stunde schaffe ich noch. L.G. Melli>
Melli musste wieder an das Adventslicht denken. Plötzlich kam ihr die Idee, dass sie auch eines hier im Büro aufstellen sollte. Gerade jetzt

konnte sie ein bisschen Magie gebrauchen. Doch dafür müsste sie nochmal in den Baumarkt. Zu dumm. Wieso hatte sie da nicht eher dran gedacht? Vielleicht würde dadurch auch Helen ein besserer Mensch. Mellis Gedanken schweiften ab. Sie ließ die Briefe, Briefe sein. Sie hoffte, dass Paul sich bald meldete. Sah immer wieder aufs Handy. Doch die Nachricht war noch ungelesen. Sie seufzte und hörte, wie Herr Schwarz den Mandanten verabschiedete, und wieder in seinem Büro verschwand. Die Chance für Melli, ihm die Unterschriftenmappe zu bringen. Bestimmt waren noch zwei Briefe auf der Kassette. Die würde sie nicht mehr schaffen. Dessen war sie sich bewusst. Sie stand auf und merkte, wie ihre Knie zitterten. Auch das noch. Sie trank einen weiteren Schluck Tee. Ein Hustenanfall überkam sie erneut. Sie griff nach der Mappe und ging auf wackligen Beinen zu Herrn Schwarz. Sie klopfte an die schwere Eichentür. Das Feuer in ihrem Kopf schien regelrecht zu lodern.

„Herein." Es kam ihr vor wie eine Ewigkeit. Sie trat langsam in sein Büro ein. Melli fühlte sich wie in Watte gepackt.

„Hier ist die Mappe. Mehr schaffe ich heute nicht." Die Frau reichte sie Herrn Schwarz und merkte im letzten Moment, wie sie ihr aus der Hand glitt und dann war da nichts mehr.

***

Schrille Töne, fast wie Sirenen rissen Kai aus seinem Schlaf. Er hatte mehrere Stunden geschlafen. Er rieb sich kurz die Augen. Lautes Tatütata drang in seine Ohren. Was war das? Ein Krankenwagen. Sehr, sehr laut. Man könnte glatt meinen, er wäre in nächster Nähe und tatsächlich in diesem Moment sauste der Notarztwagen an ihm vorbei und bremste abrupt vor der Kanzlei. Moment mal? Was war passiert? Etwas mit Melli? Um Gottes Willen. War es seine Schuld? Was hatte er nur angerichtet? Weiterhin starrten seine Augen auf den Notarztwagen. Zwei Sanitäter waren längst heraus geeilt mit einer Trage. Sollte er hinlaufen? Nein. Mellis Chef würde ihm sicher den Zutritt verwehren. Also beschloss er die Sache einfach zu beobachten. Nach einer gefühlten Ewigkeit, sah er wie die Männer mit der Trage wieder hinauskamen und eine Frau darauf lag. War es etwa Melli? Doch, bestimmt. Die anderen beiden hatten, kurz nachdem er weg war, das Haus verlassen. Mein Gott, Melli. Im Eiltempo fuhr der Wagen los, Kai fackelte nicht lange, startete sein Auto und fuhr dem Krankenwagen hinterher bis zum Krankenhaus. Doch auch jetzt würde es nichts bringen, Melli aufzulauern. Kurz überlegte er, sich als ihr Verlobter auszugeben, Stattdessen beherrschte er sich und fuhr mit klopfendem Herzen ins Hotel. Er beschloss am nächsten Morgen, Melli einen Besuch abzustatten, und konnte sich immer noch als ihr Verlobter ausgeben. Genau. Das war ein guter Plan. Bis dahin würde er sich zusammenreißen und keinen Alkohol mehr trinken. Wenn er wollte, dann konnte er das. Er musste klar im Kopf sein.

Kapitel 11 / ~ Differenz ~

Paul war noch immer in der Bank. Den Feierabend hatte er längst vergessen, stattdessen plagten ihn andere Sorgen. Erneut zählte er das Geld in der Hauptkasse durch, schon bestimmt zum dritten Mal an diesem Tag, doch die Summe wollte einfach nicht stimmen. Hunderttausend Euro fehlten ihm. Es konnte nicht sein. Stefan, sein bester Freund und Kollege, hatte ausgerechnet diese Woche Urlaub. Die Buchhalterinnen hatten auch alles überprüft. Sie hatten alles richtig gebucht. Also konnte es fast nur an Paul liegen. Doch so eine große Differenz hatte er noch nie gehabt. Mit gesenktem Kopf schloss er schließlich die Hauptkasse ab und ging zu seinem Chef, Herrn Koller. Thomas Koller, Bankdirektor, schon in jungen Jahren. Er hatte früh Karriere gemacht, und immer ein offenes Ohr für seine Mitarbeiter. Sie konnten mit allem zu ihm kommen. Eigentlich musste er nicht ins Gefängnis, so hoffte er. Das passierte höchstens in schlecht recherchierten Filmen. Aber der Sicherheitsdienst musste sicher trotzdem herbestellt werden. Vielleicht gab es auch eine Abmahnung. Mit klopfendem Herzen wollte er gerade an die Bürotür klopfen, als diese aufging. Ein verdutzter Thomas stand dort mit seinem Aktenkoffer und einem Schirm in der Hand.

„Oh. Du willst schon gehen." Sie duzten sich schon lange. Thomas war ihm von Anfang an sympathisch gewesen. Er war nicht besonders groß, dann diese spiegelglatte Glatze.

„Ja. Wir haben es bereits halb sechs. Feierabendzeit, Paul. Geht es dir nicht gut? Du bist ja ganz blass um die Nase."

„Oh, wenn du gehen willst, dann will ich dich nicht länger aufhalten. Was hatte er gesagt? Halb sechs? Oh Gott! Er wollte Melli vor einer halben Stunde abholen. Pauls Gesichtsfarbe schien sich erneut zu wechseln.

„Paul, was ist los mit dir? Komm." Thomas legte Koffer und Schirm ab und schob Paul den Schreibtischstuhl zu, der an dem Tisch stand, wo sonst oft die Azubis saßen.

„Ich ... Oh Gott, Thomas. Es ist mir noch nie passiert. Aber in der Hauptkasse fehlen Hunderttausend Euro, und eigentlich sollte ich Melli vor einer halben Stunde abholen. Ich habe es komplett vermasselt." Paul ließ sich auf den Stuhl fallen.

„Paul, warte." Thomas stand auf, nahm eine Flasche Sprudel, die für seine Kunden immer bereitstanden und griff nach einem Glas. Hier. Er schüttete Paul einen Schluck ein.

„Trink zuerst mal. Du bist ja ganz außer dir. Wer ist denn Melli?" Thomas zwinkerte ihm zu.

„Meine neue Freundin. Wenn ich es jetzt nicht schon vergeigt habe."

„Paul. Hast du das Geld nochmal gezählt?", kam er zurück zum Thema.

„Mindestens dreimal. Ich kann auch nochmal zählen."

„Nein." Thomas winkte ab. „Paul, jetzt mal ganz ruhig."

„Muss ich jetzt in den Knast?" Thomas lachte laut auf.

„Paul. Ich bitte dich. Wie lange arbeitest du hier? Erst muss dir jemand nachweisen, dass du das Geld hast verschwinden lassen. Da ich dich als langjährigen ehrlichen Mitarbeiter schätze und kennengelernt habe, weiß ich, dass du es nicht warst. Sonst würdest du hier nicht leichenblass vor mir sitzen. Wir können einen Sicherheitsdienst kommen lassen, der alles absuchen wird."

„Das ist doch viel zu aufwendig. Aber wenn ich ehrlich bin werde ich trotzdem das Gefühl nicht los, dass das Geld hier noch irgendwo ist.

„Okay. So wird es bestimmt sein. Das finden wir heraus. Dann ruf deine Melli an, und mach Feierabend für heute. Morgen kannst du mit Sebastian ja nochmal in Ruhe schauen.

Paul musste lachen.

„Entschuldige. Mit Sebastian? Ausgerechnet? Wenn Stefan wenigstens da wäre."

„Ja, ich weiß. Du und Sebastian seid nicht gerade die besten Freunde."

„Und das werden wir auch nie sein. Dann warte ich lieber bis nächste Woche. Aber dann fehlt vielleicht die nächste hohe Summe an Geld.

„Paul, das reicht. Du scheinst mir wirklich etwas überarbeitet und durcheinander. Fahr vorsichtig nach Hause, oder hol dir ein Taxi. Fahr zu deiner Melli. Vielleicht hast du dann Morgen wieder einen klaren Kopf."

„Danke." Paul ging zurück zur Hauptkasse, die anderen Mitarbeiter waren längst gegangen. Er nahm sein Handy aus der Tasche und sah, dass Melli ihm geschrieben hatte und auch Christian mehrmals versucht hatte, ihn telefonisch zu erreichen. Er las erst Mellis Nachricht, rief sie sofort zurück. Wieso meldete sie sich nicht? Er versuchte es bei Christian, der sich sofort meldete.

„Mensch Paul, wo steckt ihr denn?"

„Wer wir?"

„Na, du und Melli?"

„Na. Ich dachte, sie ist bereits bei dir? Ich habe ihre Nachricht jetzt erst gelesen. Ich hatte auf der Arbeit ein Problem. Kam nicht eher weg."

Darauf ging Christian nicht näher ein.

„Was heißt das jetzt? Also Melli ist nicht in ihrer Wohnung, falls du das meinst. Da war ich schon."

„Okay. Ich fahre erst zur Kanzlei und dann zu mir. Vielleicht ist sie da."

„Gut. Schönen Abend. Hat sich heute wohl erledigt mit den weiteren Umzugsarbeiten?", fragte Christian. Paul konnte den schroffen Unterton nicht überhören.

„Bist du jetzt angepisst?"

„Nein. Sorry."

„Christian. Es tut mir leid. Okay? Was Melli angeht, ahne ich nichts Gutes. Ich hoffe, ich treffe zumindest Herrn Schwarz noch in der Kanzlei."

„Wie meinst du das mit "nichts Gutes"?"

„Nun ja. ihre Erkältung ist noch nicht besser."

„Verdammt. In drei Wochen ist Heiligabend."

„Christian, verflucht nochmal. Im Moment interessiert mich das alles ziemlich wenig. Ich mache mir Sorgen um Mellis Gesundheitszustand. Du kannst wohl von Glück reden, wenn sie an Weihnachten überhaupt wieder singen kann." Er legte einfach auf, schnappte sich seine Arbeitstasche, schloss die Hauptkasse ab und verließ in einem rasanten Tempo die Sparkasse. Wo um Himmelswillen steckte Melli?

Kapitel 12 / ~ Blanke Angst ~

Bevor Paul sein Auto startete, schrieb er eine Nachricht an Melli.

<Hey, mein Schätzchen. ;-) Natürlich darfst du mich so nennen. ;-) Wo bist du denn? Es tut mir leid, dass ich deine Nachricht erst jetzt gelesen habe. Aber es gab ein Problem. Ich komme sofort zu dir und hole dich ab. Bis gleich.>

Sie hatte ihn Schatz genannt. Das freute Paul am meisten. Immerhin schien sie eingesehen zu haben, dass es ihr nicht gut ging. Wieso hatte Melli ihm nicht eher geschrieben? Aber, er schlug sich die Hand vor den Kopf, er hatte auch noch andere Probleme. Da blieb keine Zeit, aufs Handy zu schauen. Er verzog schmerzhaft das Gesicht, sein Herz hämmerte. Paul steckte das Handy in die dafür vorgesehene Halterung. Paul prügelte mit seinen Fäusten auf das Lenkrad ein, wischte sich den Schweiß von der Stirn, startete sein Auto, und fuhr los. Zur Kanzlei. Hoffentlich war Herr Schwarz noch im Büro. Melli hatte doch was gesagt, er wäre oft der Letzte. Doch es war schon nach achtzehn Uhr. Ein Versuch war es wert. Bei der Kanzlei angekommen, sah er schon, dass sie im Dunkeln lag. Es war wohl zwecklos, noch zu klopfen, oder zu klingeln. Paul lehnte sich erschöpft zurück. Er konnte sehen, dass auch in Mellis Wohnung gegenüber kein Licht brannte. Verdammter Mist. Hoffentlich hatte Melli es sich nicht anders überlegt und ihr war es zu viel, dass sie zusammenzogen? Aber sonst hätte sie ihn doch nicht gebeten, sie abzuholen. Oder? Wann hatte er zuletzt einen Tag wie heute gehabt? Kopfschüttelnd überlegte Paul. Die letzten Jahre hatte das Leben es gut mit ihm gemeint, klar lief nicht immer alles perfekt, aber wieso musste heute einer dieser Tage sein, an denen alles schieflief? Viel zu schnell fuhr er zu seiner Wohnung. Sein Magen knurrte vor sich hin. Seine Jacke hing er an die Garderobe. Es überkam ihn ein Hungergefühl, das er länger nicht verspürt hatte. Kein Wunder, seit der Mittagspause hatte er nichts gegessen. Tiefkühlpizza kam ihm in den Sinn. Nicht das Gesündeste, aber es ging schnell. Eine gute Idee, so fand er. Paul hatte immer einen Vorrat im Gefrierschrank. Siedend heiß fiel ihm Claudia ein. Vielleicht wusste sie was von Melli? Er zog sein Handy aus der Hosentasche und wählte ihre Nummer. Sie hob gleich ab.

„Hey, Claudia."

„Paul! Ich habe dich schon versucht auf dem Festnetz zu erreichen."

„Oh. Ich bin gerade erst heimgekommen. Was ist mit Melli?" Er spürte Schweißperlen auf seiner Stirn, fing an, in der Küche hin und her zu laufen, das Handy ans Ohr gepresst, um gespannt Claudias Worten zu lauschen.

„Paul, Melli hat mich gebeten, dich anzurufen. Sie ist heute im Büro zusammengebrochen, und ist ins Städtische Krankenhaus eingeliefert worden. Sie hat eine Lungenentzündung." Paul lehnte sich an den Küchentresen. Er hatte es geahnt. Tief im Inneren hatte er gespürt, dass etwas Schlimmes passiert war.

„Was? Wie, wie geht es ihr? Ich muss zu ihr. Sofort."

„Paul. Bitte. beruhige dich. Sie ist auf der Intensivstation wieder zu sich gekommen, und hat die Schwester gebeten, mich anzurufen und dich zu informieren. Um selbst anzurufen war sie nicht mehr in der Lage. Heute kannst du dich nicht mehr zu ihr. Hast du Sachen von ihr bei dir?"

„Oh Gott. Claudia. Ich bin so ein Idiot. Ich hatte auf der Arbeit selbst Probleme und habe ihre Nachricht viel zu spät gelesen. Da bittet sie mich um Hilfe und ich bin nicht da."

„Paul, nochmal, bitte beruhige dich. Morgen früh kannst du zu ihr. Soll ich dir noch ein paar Sachen bringen? Ein bisschen was hat sie noch hier."

„Nein. Ich packe ihr ein paar Sachen zusammen und bringe sie ihr noch vor der Arbeit hin. Claudia entschuldige, ich muss jetzt auflegen.

Ich habe noch nichts gegessen, auch wenn ich wahrscheinlich nichts runter kriege, mache ich mir jetzt eine Tiefkühlpizza."

„Paul. Sie wird wieder gesund. Okay? Mach dich nicht verrückt."

„Claudia, ich habe schon mal zwei Menschen verloren, die ich geliebt habe. Du weißt, wen ich meine. Jetzt bin ich alleine. Viele Jahre. Jetzt habe ich Melli und sie liegt mit einer Lungenentzündung im Krankenhaus."

„Paul, um Gottes Willen. Sie wird wieder. Ganz bestimmt. Du hattest heute einen aufregenden Tag. Sollen Carsten und ich vorbeikommen? Und Paul, deine Mutter war schwer krebskrank. Dein Vater kam mit ihrem Tod nicht klar. Wie wir wissen, ist er am Ende mehr vor sich hinvegetiert. Du hast für ihn getan, was du konntest, doch er wollte sich nicht helfen lassen. Ich fand das damals auch alles sehr schlimm. Aber Melli wird wieder. Sie hat eine Lungenentzündung. Möchtest du reden?"

„Ja, du hast recht. Nein. Nimm es mir nicht übel. Aber ich will jetzt meine Ruhe. Danke, dass du versucht hast, mich anzurufen."

„Gerne, Paul. Bis Freitag bei der Probe."

„Ja. Bis Freitag." Paul legte auf. Die Pizza fiel ihm wieder ein. Er nahm die Pizza aus dem Gefrierschrank und legte sie in den kleinen Backofen, der für eine Pizza sehr praktisch war. Das Rost überzog er je nach Gebrauchsspuren mit frischen Backpapier, damit der Ofen direkt einsatzbereit war. Während die Pizza im Ofen buk, ging Paul duschen. Das prickelnde Wasser auf seiner Haut tat ihm gut. Kurz schloss er die Augen. Er trocknete sich ab und trotz der Sorgen, die ihn fast auffraßen, freute er sich auf eine gemütliche Jogginghose und die Pizza.

***

Das kleine Adventslicht hing in der dunklen Wohnung. Innerlich war es voller Unruhe.

„He! Ihr zwei da unten. Wir müssen jetzt all unsere Energie zusammenschnüren und sie an Melli und Paul aussenden. Und was ist mit diesem Kai? Der muss weg. Also los! Strengt euch an. Nehmt eure ganze Energie zusammen." Sie strengten sich alle drei an. Keines widersprach der Kugelkerze.

„Ja, ja. So ist es gut. Und glaubt mir, auch wenn Paul nicht an uns glaubt, Melli auslacht, weil sie mit uns redet. Bald wird er soweit sein."

„Ja, ja. Ich fürchte, er hat heute eine sehr unruhige Nacht. Melli wird schlafen. Sie ist im Krankenhaus gut versorgt."

„Hey. Ich finde es schade, dass Paul heute nicht hierhergekommen ist. Aber vielleicht macht er es morgen? Oh, Kerzen. Ich habe eine wundervolle Idee. Wollen wir mal sehen, ob Paul sie erreicht? Strengt euch nochmal an. Zusammen kriegen wir auch das hin. Dessen bin ich mir sicher."

Kapitel 13 / ~ Unruhige Nacht ~

Paul lag im Bett und dachte ununterbrochen an Melli. Wie sie einsam im Krankenhaus lag. Sie war auf der Intensivstation wieder zu sich gekommen, hatte Claudia gesagt. Paul war immer noch sauer auf sich selbst, weil er nicht dagewesen war, um sie früher abzuholen. Aber Vorwürfe halfen ihm auch nicht weiter. Er grübelte darüber nach, was zu tun war. Irgendwann fielen seine Augen zu. Die Lider wurden schwerer, bis er schließlich ins Land der Träume

***

„Paul. Ja, Paul. Du schläfst gerade, tief und fest. Doch wir, die Kugelkerzen, Mellis Adventslichter, an dessen Magie du nicht glaubst, wir schleichen uns in deinen Schlaf. Wenn du morgen aufwachst wirst du wissen, was zu tun ist. Vergiss nie. Wir sind immer für dich und Melli da. Immer. Melli liebt dich über alles. Auch wenn sie das selbst noch nicht so richtig weiß. Sie tut es. Und wir wissen, du liebst sie auch über alles. Das ist gut so. Eines sollst du noch wissen. Es gab heute einen nicht so schönen Vorfall im Büro. Aber bleibe cool, wenn du ihm begegnest. Und jetzt schlaf weiter.“

Die Kugelkerzen gaben nochmal alles und sendeten sämtliche Energie aus. Und Magie. Denn Magie war ihr Zauberwort.

„Es ist so schön, endlich wieder etwas zu tun“, freute sich die rechte Kugelkerze.

„Da stimme ich dir zu. Nach so vielen Monaten der Langeweile und Einsamkeit bin ich froh, dass ich wieder etwas zu tun habe. Und wer weiß, wer weiß.

Vielleicht kommt Paul eines Tages auch auf die Idee und zündet mich an", flüsterte das kleine Adventslicht.

„Das wird er. Und jetzt sollten auch wir schlafen. Gute Nacht zusammen", kam es von der dritten Kugelkerze.

„Gute Nacht", riefen die anderen beiden im Chor.

***

Paul schreckte hoch. Sein Blick auf den Wecker verriet ihm, dass es 3:33 Uhr war. Noch gut drei Stunden, bis er aufstehen musste. Was waren das eben für Stimmen in seinem Kopf, die er glaubte, gehört zu haben? Er schüttelte den Kopf, als ihm eine Idee kam. Morgen früh würde er zuerst Christian anrufen. Und dann gleich nach dem Frühstück Melli eine Tasche mit ein paar Klamotten bringen. Wahrscheinlich musste er sich damit trösten, die Tasche der Schwester zu geben. Doch egal. Nach Feierabend würde er Melli besuchen. Von sechzehn bis achtzehn Uhr waren die Besuchszeiten auf der Intensivstation, wie Claudia ihm verraten hatte. Mit Stefan würde er auch telefonieren. Der wusste noch nicht, dass Paul und Melli ein Paar waren. Herzhaft gähnend drehte er sich wieder um und schlief weiter.

Um halb sieben klingelte der Wecker. War die Nacht schon vorbei? Er rieb sich die Augen, gähnte und streckte sich. Beim Zubettgehen hatte Paul gedacht, nicht einschlafen zu können. Dafür war die Nacht doch noch gut gewesen. Er fühlte sich ausgeruht. In einer freien Minute wollte er auf der Bank auch mal nach dem Geld schauen. Das bereitete ihm zusätzlichen Kummer. Aber der Plan, den er gefasst hatte, galt es umzusetzen und darauf freute er sich.

Nach einem schnellen Frühstück, zwei Toasts, einer Tasse Kaffee und einem Joghurt, packte Paul für Melli ein paar Sachen ein, und nahm das Zahnputzzeug aus dem Gästebad. Bis auf die paar Klamotten, als sie bei ihm übernachtet hatte, hatte er nichts von ihr. Aber immerhin waren da ein Schlafanzug und eine Jogginghose dabei. Und zum Glück noch ein bisschen Unterwäsche. Er wünschte sich, dass sie vielleicht schon heute auf die normale Station verlegt wurde, aber das war wohl so schnell nicht möglich. Hoffentlich hatte sie nicht zu hohes Fieber, hoffentlich

68

ging es ihr rasch wieder besser. In der Nacht war er abgelenkt gewesen, doch jetzt war die Sorge um Melli wieder da. Sein Magen zog sich zusammen, wenn er daran dachte, wie sie da im Krankenhaus lag.

Paul erinnerte sich an die Nacht. Irgendwann war er wach geworden und hatte geglaubt, Stimmen zu hören. Wurde er schon verrückt? Melli redete zwar mit den Kerzen, aber er? Unwillkürlich fing er laut an zu lachen. Nein. Vielleicht sendeten ihm seine Eltern aus dem Himmel irgendwelche Zeichen. Ja, vielleicht war es das. Er nahm Mellis Tasche und seinen Aktenkoffer. Griff nach seinem Autoschlüssel, der in der Diele auf der kleinen Kommode lag und verließ das Haus. Die Uhr zeigte halb acht Uhr. Die Klinik lag auf dem Weg zur Bank. So war es kein Problem. Um diese Zeit bekam er locker einen Parkplatz, musste aber ein Ticket ziehen. Hier war der Parkplatz zum Krankenhaus durch eine Schranke abgetrennt. Es half nichts. Raschen Schrittes eilte er durch eine Schiebetür in das riesige Gebäude. Die Anmeldung war gleich vorne rechts. In dem kleinen Wartezimmer sah er schon einige Leute sitzen. Gut, dass er nicht dazugehörte. Paul schüttelte über seine Gedanken den Kopf und war erleichtert, dass niemand vor ihm dran war. Dafür telefonierte die etwas ältere Dame an der Anmeldung, musterte ihn kurz, rückte ihre Brille zurecht und lächelte ihm nett zu. Paul lächelte zurück und lehnte sich gegen den Tresen. Viel war noch nicht los. Erste Besucher betraten das Foyer, jemand reihte sich hinter ihm ein. Alle anderen schienen den Weg zu ihren Lieben zu kennen. Endlich legte die Dame hinter der Glasscheibe den Hörer auf.

„Guten Morgen. Wie kann ich Ihnen helfen?"

„Guten Morgen." Paul hielt die Tasche hoch. „Meine Freundin, Melanie Auras, liegt hier auf der Intensivstation. Sie ist gestern eingeliefert worden. Kann ich ihr die Tasche bringen?"

„Moment. Ich höre kurz nach. Sie werden klingeln müssen und eine Schwester nimmt die Tasche entgegen. Aber warten sie kurz."

Die Frau telefonierte kurz und nickte Paul dann zu.

„Ja. Die Schwester macht Ihnen gleich die Tür auf."

„Okay. Vielen Dank." Paul eilte los. Zu gut wusste er noch von seinen Eltern, wo die Intensivstation war. Er klingelte und kurz darauf kam die Schwester.

„Ich bringe die Sachen für Melanie Auras. Können Sie ihr liebe Grüße ausrichten? Wie geht's ihr denn?"

„Sind Sie Paul Winter?"

„Ja."

„Ja. Sie wollte Sie noch anrufen. Aber das hat sich wohl erledigt. Klar. Die Grüße richte ich aus. Vielen Dank. Es geht ihr besser. Heute muss sie noch auf der Intensivstation bleiben."

„Das dachte ich mir fast. Okay. Ich komme sie heute Nachmittag besuchen."

„Okay, ich richte es ihr aus." Schwester Beate, wie er auf ihrem Namensschild am Kittel ausmachen konnte, nahm ihm die Tasche ab, lächelte und winkte ihm zu.

Ein Blick auf die Uhr verriet Paul, dass er doch schon zwanzig Minuten unterwegs war. Zehn hatte er noch zur Arbeit. Je nach Verkehr würde er sowieso ein paar Minuten zu spät kommen. Das machte aber nichts. Er zückte sein Handy und wählte Christians Nummer. Er ging nach dem zweiten Klingeln dran.

„Hey, sorry, wegen gestern, Paul."

„Schon gut. Du, ich würde gerne Mellis Wohnung einrichten, in der Zeit, in der sie jetzt im Krankenhaus ist. Kannst du mir heute Nachmittag helfen? Ich will noch ein paar Sachen aus meiner Wohnung holen. Und von Claudia."

„Okay. Wann und wo? Was ist mit Melli?"

„Sie ist im Krankenhaus mit einer Lungenentzündung. Wie die Schwester sagt, geht es ihr schon wieder besser. Sie liegt auf Intensivstation und wird heute noch dortbleiben."

„Okay. Wann sollen wir uns treffen?"

„Ich werde etwas früher Feierabend machen, dann kurz bei Melli vorbeischauen. Wenigstens eine halbe Stunde. Ich bin um halb fünf bei dir. Okay?"

„Gut. Super. Dann einen angenehmen Arbeitstag."

„Danke", murmelte Paul. Ob sich das mit dem Geld heute doch noch aufklären wird?

Kapitel 14 / ~ Im Krankenhaus ~

„Frau Auras, wie geht es Ihnen heute? Schauen Sie mal." Schwester Beate hielt die Tasche nach oben. „Hat ihr Freund gebracht."

„Es geht mir schon viel besser" und das stimmte. Sie spürte nur noch ein leichtes Kratzen im Hals. Die Nase war frei.

„Dann kann ich mich gleich endlich mal waschen und etwas Kuscheliges anziehen" Sie hatte Antibiotika bekommen und Paracetamol gegen das Fieber.

„Wir probieren gleich mal, ob Sie wieder auf ihren Beinen stehen können. Aber erst messe ich Fieber. Heute Nacht war es schon auf 39,9 gesunken. Wenn man bedenkt, dass Sie mit über 40 Grad hier eingeliefert wurden, ist das schon ein erster guter Schritt." Melli nickte. Schwester Beate maß in Mellis Ohr Fieber, die Beiden lächelten sich zu. Es piepte.

„38,9 Grad. Um ein ganzes Grad ist es gesunken. Das ist sehr gut. Auch wenn es kleine Schritte sind, es wird. Dann kommen Sie mal. Schwester Beate ging zur anderen Seite des Bettes, wo der Überwachungsapparat stand und die Infusionsflasche mit dem Antibiotikum. Sie rollte die Infusion ein kleines Stück zur Seite und nickte Melli zu. Schwungvoll hob Melli ihre Beine über die Bettkante und stand langsam auf. Sie wollte einen Schritt nach vorne gehen und merkte, wie schwach sie doch war, weil ihr Körper anfing leicht zu zittern.

„Oh. Damit hätte ich nicht gerechnet. Na toll." Kam sie denn immer noch nicht aus dem hier raus? Gestern hatte man ihr einfach ein Krankenhauskittelchen übergezogen. Sie kam sich so nackt vor. Melli seufzte.

„Ihr Körper ist geschwächt. Nicht umsonst sind sie gestern ohnmächtig geworden. Das war alles etwas viel für Ihren Körper. Passen Sie auf. Sie geben mir Ihre Hand und wir gehen ein paar Schritte durchs Zimmer. Ihr Körper ist sehr schwach, aber das wird. Wenn das Fieber mal gesunken ist, geht es ihnen auch wieder besser. Gefrühstückt haben Sie, das ist sehr gut." Melli stand mit Schwester Beates Hilfe auf, und sie liefen ein paar Schritte durchs Zimmer.

„Kann ich mir denn etwas Gemütliches anziehen? Ich will hier aus dem Kittel raus." Melli machte vorsichtig eine ausladende Handbewegung und deutete darauf.

„In Ordnung. Sie gehen ins Bad und ich warte, bis Sie fertig sind, und bringe Sie zurück ins Bett. Später laufen wir noch einmal."

„Ja. Das klingt gut."

Während Schwester Beate im Zimmer wartete, schaute Melli, was Paul ihr eingepackt hatte. Ja, Schlafanzug, Jogginghose, gut, dass sie die mitgenommen hatte, als sie bei Paul war. Und Zahnputzzeug. Zum Glück hatte sie mehr als eine Unterhose und ein paar Socken eingepackt. Melli machte sich frisch und zog sich um. Es ging ihr gleich viel besser. Natürlich musste sie mit der Nadel in der Hand aufpassen, aber Schwester Beate hatte den Infusionsschlauch entfernt. Doch alles ging gut. Langsam ging sie zurück ins Zimmer. Auch das, so glaubte sie, klappte schon besser als eben

„Na, wie fühlen Sie sich?"

„Viel besser", Melli strahlte. „Darf ich es alleine zurück zum Bett versuchen?"

„Das glaube ich, geht in Ordnung. Ich bleibe hinter Ihnen." Langsam ging Melli zurück zum Bett. „Kann ich es zwischendurch mit der Flasche probieren? Ich passe auch auf."

Schwester Beate lächelte, schüttelte den Kopf.

„Nein. Nun mal nichts überstürzen. Wir versuchen es später nochmal. Und ich sage Schwester Doris bei der Übergabe Bescheid. Bestimmt geht das Fieber weiter runter. Ich will Ihnen nicht zu viel versprechen, aber wenn Sie weiter solche Fortschritte machen, können wir Sie vielleicht morgen schon auf die normale Station verlegen. Dann fühlen sie sich auch nochmal besser."

„Oh. Das wäre schön. Können Sie mir vielleicht noch mein Handy aus meiner Handtasche geben? Ein Glück, dass mein Chef daran gedacht hat, sie dem Sanitäter mitzugeben."

„Ja. Das war wirklich Glück. Normal bleibt nicht so viel Zeit. Warten Sie." Schwester Beate nahm ihr Handy aus der Tasche und reichte es Melli. Gut, Frau Auras. Wenn noch was ist, wissen Sie ja. Gleich kommt die Visite. Ich sehe vor der Übergabe nochmal nach Ihnen."

„Okay. Danke, bis dann."

Melli lehnte sich zurück. So war das alles schon eine viel gemütlichere Angelegenheit. Sie fühlte sich nicht mehr nackt. Sie musste grinsen. Wenn sich nur nicht immer Kai in ihre Gedanken drängen würde. Sie konnte sein Auftauchen immer noch nicht verstehen. Sie schüttelte den Kopf und drängte die aufkommenden Gedanken zur Seite.

Melli sah, dass der Akku vom Handy nur noch 10 % hatte. Verdammt. Ein Ladekabel hatte sie natürlich nicht. Aber für eine Nachricht an Paul würde es noch reichen. Sie sah, dass sowohl er als auch Christian versucht hatten, sie zu erreichen. Stimmt. Sie hatte nur noch Claudia anrufen lassen. Sie war selbst dafür zu schwach gewesen. Melli öffnete den Messanger und schrieb.

<Hey, mein lieber Schatz. Entschuldige bitte, dass ich dir Sorgen bereitet habe. Danke, dass du heute die Tasche hier abgegeben hast. Mit Jogginghose fühle ich mich doch gleich viel wohler. ;-) ... Kannst du mir vielleicht noch mein Ladekabel mitbringen? Habe nur noch zehn Prozent Akku und hier gibt's sogar W-Lan Anschluss. Das Ladekabel ist leider noch bei Claudia. Es geht mir schon viel besser. Das Fieber geht runter. Vielleicht kann ich morgen schon auf Station verlegt werden. Wünsche dir einen schönen Tag. Hab dich lieb. ♥ L. G. Melli>

Kapitel 15 / ~ Ein verdammt langer Arbeitstag ~

Mit gemischten Gefühlen begann Paul seinen Arbeitstag. Sein Magen zog sich zusammen, wenn er an die Differenz dachte. So etwas kannte er gar nicht. Seufzend schloss er die Zentralkasse auf, setzte sich auf seinen Stuhl und fuhr den Rechner hoch. Thomas kam immer etwas später zur Arbeit. Als er kam, grüßte er Paul freundlich und trat zu ihm in die Zentralkasse.

„Guten Morgen. Wie geht's deiner Freundin?"

„Danke. Etwas besser. Sie liegt aber noch auf der Intensivstation. Leider konnte ich eben nicht zu ihr. Die Tasche musste ich der Schwester geben." Thomas nickte verständnisvoll.

„Paul. Mach dir nicht zu viele Gedanken wegen dem Geld. Das wird sich klären. Wenn nicht, buchen wir es aus. Sollte noch mal eine große Differenz auftauchen möchte ich, dass du in Zukunft das Geld mit Stefan oder Sebastian nochmal durchzählst. Vier oder sechs Augen sehen oft mehr als zwei. In Ordnung?"

„In Ordnung. Danke, Thomas."

Erleichtert machte Paul sich an die Arbeit. Sebastian kam gegen halb neun.

„Morgen", kam es eher schnippisch von ihm. Aber das war Paul schon gewöhnt.

„Morgen Sebastian." Paul wollte nicht so sein wie er, ständig mies gelaunt. Er hasste launische Menschen. So was ging gar nicht. Sie zogen andere nur herunter. Aber gut. Paul beobachtete Sebastian, wie er erst seine Jacke auszog, an den Kleiderhaken hing und dann seinen PC hochfuhr. Stur öffnete er die Intranet Seite und las erst mal, was es Neues gab. Paul hingegen ging zum Tresor und nahm die Kasse, die er wie jeden Morgen durchzählte. 2.000 Euro befanden sich darin. Sie dienten lediglich als Wechselgeld, wenn die Kunden es nicht passend hatten, was aber selten vorkam. Er nutzte die Zeit, um kurz auf sein Handy zu schauen. Melli hatte ihm geschrieben. In seinem Magen kribbelte es, als er ihre Nachricht las.

Eine schwere Last fiel ihm vom Herzen als er wusste, es ginge ihr besser. Das war seine Melli. Und wenn sie vielleicht Morgen schon auf Station kommen würde, hatte sie wohl das Schlimmste überstanden. Ein Ladekabel sollte er ihr mitbringen. Okay. Das bekam er hin und notierte es sich im Kopf. Lächelnd wartete er auf die ersten Kunden, schrieb ihr aber noch zurück.

<Mein lieber Schatz. Freue mich sehr zu lesen, dass es dir besser geht. Natürlich bringe ich dir nachher ein Ladekabel mit. Ich komme so gegen 16:30 Uhr. Denke doch, dass ich pünktlich hier rauskomme. Ich wünsche dir einen hoffentlich nicht zu langweiligen Tag. Schlaf dich gesund. Das hilft. H. D. L. Paul>

Während Paul seinen ersten Kunden erblickte, starrte Sebastian immer noch auf den Bildschirm. Stur wie tausend Rinder auf der Weide las er noch die aktuelle Tageszeitung. Sie durften das auch, es war sogar gewollt, dass man sich über die Intranet Seite auf dem Laufenden hielt, aber er hatte gar nicht die Zeit dafür. Denn der nächste Kunde kam bereits und dem musste Sebastian sich wohl oder übel annehmen. Paul grinste schadenfroh, bediente seinen Kunden und hoffte, dass der Tag sich nicht so in die Länge zog, wie es noch den Anschein machte.

Vormittags hatten sie beide dann doch genug zu tun. Die Sparkasse hatte durchgehend geöffnet. Mittagspause machte jeder wie er wollte. Das war von zwölf bis vierzehn Uhr möglich. In diesem Zeitraum kamen so gut wie keine Kunden. Mittags kam Thomas zu ihnen und Paul ahnte bereits, dass Sebastian noch nichts von der Sache erfahren hatte. Das würde sich jetzt wohl ändern.

„Hallo Ihr Zwei."

„Hallo Thomas", Paul lehnte sich in seinem Stuhl zurück, sah ihn abwartend an und Sebastian grüßte nur nickend.

„Paul, hast du mit Sebastian bereits wegen der Differenz gesprochen?" Er schüttelte den Kopf. Er war davon ausgegangen, dass es nicht seine Aufgabe war. Sebastian horchte auf, sah Paul mit einem fragenden Blick an. Er zuckte mit den Achseln.

„Sebastian, Paul hatte gestern eine Differenz von Hunderttausend Euro. Er kann sich nicht erklären, wie diese zustande gekommen ist. Weißt du da vielleicht etwas? Ist dir irgendetwas aufgefallen?"

„Nein. Bei mir war alles korrekt."

„Gut. Ich habe es Paul schon gesagt, seid so gut, wenn solche Summen fehlen, schaut bitte nochmal zusammen nach. Paul. Ja, du warst gestern alleine, aber dann frag mich. Ich zähle es gerne mit dir durch. Denn es ist so, vier oder sechs Augen sehen mehr als zwei."

„Klar, Chef."

„Gut. Dann wünsche ich euch eine schöne Mittagspause."

„Danke gleichfalls", riefen die Beiden im Chor.

Paul wandte sich wieder seinem Rechner zu und Sebastian wartete, bis Thomas außer Hörweite war.

„Wann wolltest du mich von deiner Differenz in Kenntnis setzen?"

„Sebastian, ich gehe damit nicht hausieren." Der lachte bitter auf.

„Würde ich auch nicht, aber ich arbeite genauso hier wie du auch."

„Ja. Aber meinst du nicht auch, dass es Thomas Aufgabe ist? Klar, hätte ich dir das sagen können. Aber ich wollte Thomas da nicht zuvorkommen."

„So, so. Na, du hast dich mit Thomas ja schon immer gut verstanden."

„Sebastian, jetzt werde nicht kindisch."

„Ach komm. Seit der Sache damals stehst du hier im Mittelpunkt und ich bin der Loser." Paul konnte sich ein Lachen nicht verkneifen.

„Nimm es mir nicht übel. Aber du machst es niemandem gerade einfach."

Eigentlich wollte Paul erst später Mittagspause machen. Doch das hier wurde ihm zu blöd. Er griff nach seiner Jacke.

„So. Ich mache jetzt Pause. Mahlzeit."

„Ja. Renn einfach weg, wenn es schwierig wird."

Paul schüttelte den Kopf und ging. Was wollte dieser Typ? Ausgerechnet heute blieb er noch bis sechs. Paul fiel etwas ein.

„Ach. Ich mache heute bereits um vier Uhr Feierabend. Du bist ja die letzten Wochen immer früher gegangen. Das ist doch okay für dich?" Paul lächelte süffisant. Dass er hier ein gefährliches Spiel spielte, war ihm bewusst, doch er befürchtete auch, dass Sebastian es ihm die nächste Zeit nicht einfach machen würde. Daher ließ er ihn mit diesen Worten einfach zurück.

Auf dem Weg nach draußen zückte er sein Handy und rief Stefan an.

„Hey, Paul", meldete der sich bereits nach dem ersten Klingeln.

„Hey. Steff. Störe ich euch beim Essen?"

„Nein. Das machen wir später. Was gibt's? Alles gut bei dir?"

„Es geht so. Habe im Moment ein paar Probleme. Aber etwas Gutes gibt es tatsächlich. Melli und ich sind ein Paar."

„Was, die Melli aus dem Chor?"

„Ja. Genau die."

„Wie kam es dazu?" Paul musste lachen und erzählte die Geschichte mit der Wohnungsbesichtigung. Er schloss damit ab, dass Melli jetzt mit einer Lungenentzündung im Krankenhaus lag.

„Und die Arbeit?"

„Tja. Das ist das nächste Problem. Ich hatte gestern eine Differenz von 100.000 Euro. Ist mir noch nie passiert und ich kann es mir nicht erklären. Und Sebastian nervt."

„Der schon wieder."

„Ja. Er meinte eben, ich hätte mich ja immer schon gut mit Thomas verstanden. Komisch ist, ich werde seit gestern das Gefühl nicht los, dass das Geld noch irgendwo sein muss. Frag mich nicht warum."

„Hast du schon mal intensiv danach gesucht?"

„Nein. Das werde ich gleich, wenn ich aus der Mittagspause zurück bin. Wollte mir rasch einen Döner holen. Denn Sebastian geht sicher spät, da ich ihm heute einen langen Donnerstag aufhalse."

„Oh, oh. Darf er auch mal ran."

„Ja. Ich will Melli besuchen und dann mit Christian ihre, ähm, unsere neue Wohnung einrichten."

„Der geht ja sonst immer früher. Sollen wir uns am Wochenende auf ein Bier treffen?"

„Klar. Samstag in unserer Stammkneipe?"

„Gute Idee. Okay, Steff. Dann bis Samstag. Und schönen Urlaub noch."

„Danke."

Wie Paul bereits vermutete, sprachen er und Sebastian nach der Pause kein Wort mehr miteinander. Nachmittags gaben sich die Kunden die Türklinke in die Hand. Sie waren beide gut beschäftigt, was gut war. Er war froh, dass seine Kasse stimmte, als er um viertel nach vier auf die Uhr schaute. Endlich, endlich konnte er Feierabend machen und zu Melli. Eine Viertelstunde später als gewollt, aber eigentlich durfte man sich hier nichts vornehmen. Es konnte immer etwas dazwischenkommen.

Kapitel 16 / ~ Wohnungseinrichtung 1 ~

Kai war am späten Vormittag zum Krankenhaus gefahren. Er hatte herausbekommen, dass die Besuchszeiten auf der Intensivstation erst am Nachmittag waren. Musste er halt auf Claudia oder Mellis neuen Freund warten, wenn er sich Zutritt zu ihr verschaffen wollte. Nur so konnte es gelingen. Im Knast wollte er nicht landen. Mit einem gut überlegten Plan würde er zu seinem Ziel kommen. Bis Mellis Freund Feierabend hatte, würde es wohl noch etwas dauern. Er lehnte sich gemütlich in seinen Autositz zurück. Doch um sechzehn Uhr wuchs seine Ungeduld. Er stieg aus und ging bei bedecktem Himmel schon mal zum Eingang. Er würde Mellis Freund erkennen und ihm dann einfach hinterherlaufen. Ja, das müsste klappen.

**

Paul fuhr nach der Arbeit auf direktem Wege ins Krankenhaus. Die Schlange am Tresen war ihm eindeutig zu lange, um sich dazuzustellen. Eigentlich war er mit Christian für 17:30 Uhr verabredet. Auf dem Weg zur Intensivstation zog er sein Handy aus der Jackentasche und schrieb Christian, dass er gegen siebzehn Uhr bei ihm sein würde. Paul fiel das Ladekabel ein. Verdammt. Das hatte er völlig vergessen. Aber jetzt nochmal zurück? Nein. Zuviel verlorene Zeit. Claudia musste es vorbeibringen, das half nichts. Auch ihr schrieb er eine kurze Nachricht. Über ihren Besuch würde Melli sich sicher auch freuen.

Kai wurde es kalt. Er beschloss ins Krankenhaus zu gehen, und behielt die Tür im Auge. Eigentlich sollte es nicht mehr lange dauern. Und da! Das musste er doch sein? Der große Mann, der mit einem müden Blick schnurstracks in Richtung der Intensivstation lief. Kai ging ihm hinterher.

„Hey", rief er nach einer Weile. Doch sein rufen wurde ignoriert daher rief er etwas lauter:

„Hey." Jetzt drehte Mellis Freund sich um. Kurz runzelte er seine Stirn.

„Ja? Was wollen Sie?"

„Ich will zu Melli. Mein Ziel ist auch dein Ziel." Paul hielt inne und blieb stehen. Was für ein Typ war das? Wer war das? Wollte er ihm etwa drohen?

„Wer Sind Sie? Was wollen Sie von ihr?" Paul wusste nicht, dass er den Mann schon mal gesehen hatte. Kurz hielt er inne. Moment. Die Adventslichter. Nein. Nein. Das konnte nicht sein. Doch sie hatten von einer unangenehmen Begegnung gesprochen.

„Wer sind Sie?"

„Ich bin Mellis Ex-Freund und möchte Sie zurück." Paul fiel es wie Schuppen von den Augen. Ihm dämmerte etwas. Er hatte damals mitbekommen, wie Melli mit Claudia über einen Kai gesprochen und Claudia ihr mehrmals geraten hatte ihn laufen zu lassen.

„Kai stimmt's?" Paul blickte ihn an.

„Ja. Ich habe einen Fehler gemacht. Aber jetzt möchte ich zu ihr, um mit ihr reden."

„Kai. Ich kenne dich nicht. Doch ich kann dir eines versichern. Melli und ich sind glücklich zusammen. Warst du bei ihr im Büro? Gestern?" In diesem Moment waren Paul förmliche Ansprachen egal. Ihm war in den Sinn gekommen, dass die Adventslichter etwas von einem unangenehmen Vorfall gesagt hatten.

„Ja" gab Kai zu.

„Woher kennt ihr euch?", fragte Kai.

„Wir singen jahrelang im Chor miteinander. Ich habe dich nie bei einem Auftritt gesehen."

„Mich hat die Singerei nie sonderlich interessiert."

„So, so. Die Singerei. Nennst du unseren wirklich guten Chor. Und wieso willst du Melli zurück? Es ist traurig, dass du ein halbes Jahr dafür gebraucht hast."

„Ja. Aber ich will mich ändern. Ich werde ihr auch Freiheiten lassen und sie zum Chor begleiten. Oder zu euren Auftritten."

„Ach Kai. Ohne es übel mit dir zu meinen. Lass sie bitte in Ruhe. Melli muss sich jetzt erst mal von ihrem Schwächeanfall erholen." Dass sie eine Lungenentzündung hat, erwähnte er lieber nicht. „Sie braucht noch Ruhe. Und wenn du willst, dass sie glücklich ist, lässt du sie los."

„Und du meinst es ernst mit ihr?"

„Bitterernst." Paul sah Kai lange an. Dieser nickte nur. Das hatte er sich alles anders vorgestellt. Er würde Morgen noch einmal sein Glück versuchen. Auch wenn dieser Fremde behauptete sie wären glücklich miteinander, wollte er sich doch selbst davon überzeugen. So einfach würde er nicht aufgeben.

„Gut. Ich hau jetzt ab", sagte Kai, drehte sich wortlos um und ging. Jetzt brauchte er unbedingt einen Schnaps. Sein Hals sehnte sich danach und seine Hände fingen an zu zittern. Er hatte Melli verloren. Es gab kein Zurück mehr. Ob er es wahrhaben wollte oder nicht. Doch so ganz gab er noch nicht auf.

***

So ein Mist. Das hatte Paul Zeit gekostet. Aber es half nichts. Kopfschüttelnd klingelte er an der Tür zur Intensivstation. Es dauerte wieder einen Moment, bis diesmal eine andere Schwester öffnete. Er nahm sofort ihr Namensschild wahr. Schwester Doris. Sollte er Melli sofort damit konfrontieren? Auf die zaghafte Art?

„Ich bin Paul Winter, der Freund von Melanie Auras. Ich möchte sie besuchen."

Schwester Doris nickte.

„Kommen Sie. Da freut Sie sich sicher." Schwester Doris marschierte raschen Schrittes voraus. Vor Mellis Zimmer blieb sie stehen.

„So. Bitteschön."

„Vielen Dank."

Melli saß aufrecht im Bett und lächelte ihm entgegen.

„Hey, meine Schöne", Paul ging zur ihr, gab ihr einen Kuss. „Wie geht es dir?"

„Wirklich viel besser. Meine Stimme ist auch fast wieder da. Das Fieber ist auch nochmal etwas gesunken. Vielleicht werde ich morgen wirklich verlegt."

„Melli, sorry, ich bin direkt von der Arbeit hierhergefahren und habe dein Ladekabel nicht dabei. Aber Claudia bringt es dir gleich". Sie hatte ihm inzwischen geantwortet.

„Okay. Super."

„Ich bin nämlich noch mit Christian verabredet." Jetzt musste er aufpassen, dass er sich nicht verriet."

„Was macht ihr denn Schönes?"

„Es geht um die Christmette. Weiß auch nicht, was er genau will." Pauls Pulsschlag raste. Zu gerne hätte er Melli verraten, was sie wirklich vorhatten, aber dann wäre es keine Überraschung mehr. Er hoffte, dass sie sich auch wirklich freute. Wenn er daran dachte, dass sie Mellis Sofa jetzt wieder aus der Wohnung raus bugsieren mussten, wurde ihm übel. Aber er wollte noch nicht dran denken."

„Melli." Paul setzte sich zu ihr auf die Bettkante. Eigentlich müsste er längst los, doch die Zeit würde er sich noch nehmen. Er hasste es, wenn so etwas Ungeklärtes in der Luft lag. Auch wenn Melli nicht wusste, dass er bereits informiert war. Dabei sollte gerade sie doch die Zauberkraft der Adventslichter kennen. Paul nahm ihre Hand, und streichelte sie.

„Gibt es neben der Erkältung noch einen Grund, weswegen du gestern im Büro zusammengebrochen bist?" Melli wurde blass, starrte ihn an.

„Woher?" Sie hatte den ganzen Ärger versucht zu verdrängen, doch nun spürte sie zurückgehaltene Tränen aufsteigen und fing bitterlich an zu weinen.

„Melli." Paul erschrak. „Entschuldige. Eigentlich wollte ich nichts sagen, aber ich bin Kai eben bereits begegnet und ich fand, dass ich darüber Bescheid wissen sollte und wir darüber reden sollten."

Was sagte Paul da?

„Was? War er etwa hier?" Melli fing an zu zittern. „Ich habe ihm doch gesagt, dass er mich in Ruhe lassen und verschwinden soll." „Das wird er." Paul erhob sich langsam, nahm Melli fest in die Arme und strich ihr über den Rücken. „Danke, dass du was gesagt hast." Melli nickte schwach.

„Ja, du hast Recht. Auch wenn ich erst nichts erwähnen wolle. Ich habe dir genug Kummer gemacht, in der letzten Zeit. Und gestern steht Kai plötzlich vor mir und sagt, er wird um mich kämpfen. Paul. Er war völlig betrunken."

„Ja? Den Eindruck hatte ich eben nicht. Trinkt er schon länger?"

„Er hat immer mal gerne einen über den Durst getrunken, aber mir ist nie aufgefallen, dass er zum Alkoholiker mutiert."

„Pscht. Melli. Ich denke, er hat kapiert, dass er dich in Ruhe lassen soll und wir glücklich zusammen sind. Der taucht hier sicher nicht nochmal auf."

„Habt ihr euch etwa geprügelt?", fragte Melli leise. Paul lachte Hältst du mich etwa für einen Schlägertypen?"

Jetzt musste die Frau lachen. „Nein."

„Sei mir nicht böse, wenn ich dich jetzt alleine lasse. Aber Christian wartet schon. "

„Es ist okay. Wenn Claudia gleich kommt, habe ich ja noch ein bisschen Unterhaltung und sie kann mich ablenken." Melli sah Paul mit einem ernsten Blick an.

„Danke, dass du gefragt hast und wir das geklärt haben."

„Ja. Ich bin auch froh." Paul zog Melli erneut an sich und gab ihr einen Kuss.

„Soll ich noch warten bis Claudia kommt?", fragte er nun doch.

„Nein. Nein. Es geht wieder. Wirklich."

„Gut, okay. Dann mache ich mich auf den Weg zu Christian."

„Gut. Sag ihm mal liebe Grüße von mir und auch, dass ich Heiligabend wieder voll einsatzbereit bin."

„Das mache ich. Es wird ihn freuen."

Paul tat es leid, dass er Melli wieder alleine lassen musste, aber es musste sein. Draußen war es schon dunkel. Zum Glück hatte er ein helles

Hauslicht und noch einen LED Strahler, der wirklich für helles Licht sorgte. Mit einem weiteren Kuss verabschiedeten sie sich voneinander. „Morgen, am Nachmittag komme ich wieder. Falls du auf die normale Krankenstation verlegt wirst, auch etwas eher."

„Super. Ich halte dich auf dem Laufenden."

„Sehr gut. Bis dann." Er war fast bei der Tür, als Melli ihn nochmal zurückrief.

„Paul?"

„Ja?"

„Kannst du bitte in der Wohnung vorbeifahren und nach dem Rechten sehen? Und vielleicht auch das kleine Adventslicht einmal anzünden?"

„Klar. Wird gemacht." Schmunzelnd verließ Paul das Zimmer. Wenn sie wüsste.

∗∗∗

Eine Viertelstunde später waren Christian und er auf dem Weg zu seiner Wohnung. Sie wollten zuerst das Designersofa in den Transporter tragen. Das war nochmal um einiges schwerer, als Mellis Couch. Pauls Sofa bestand aus drei Teilen, die aneinandergeschoben waren. Zwei Seiten waren so groß, dass man sich darauf richtig lang ausstrecken konnte. Sie standen beide davor und betrachteten es kritisch. Nicht nur Pauls Stirn zeigte tiefe Furchen.

„Bei euren Sofas ist es wirklich gut, dass wir keine Treppen steigen müssen. Das wäre ja eine Katastrophe. Komm. Ich greife das Sofa an dem Teil mit der Lehne."

Sie versuchten das Sofa anzuheben, es gelang ihnen nur ein paar Zentimeter, als sie es keuchend wieder abstellten.

„Ich rufe Stefan an."

„Gute Idee." Zum Glück war Stefan da und sagte Paul, dass er in wenigen Minuten bei ihm sei.

„Wieso bin ich nicht gleich darauf gekommen?" Christian zuckte mit den Schultern. „Egal. Ach, da kommt er schon", freute sich Christian, als es nur ein paar Minuten später an der Tür klingelte.

Die Männer begrüßten sich mit Handschlag.

85

„Dann mal los. Stefan, packst du bitte hier bei der Lehne mit an?" Sie versuchten es erneut und diesmal gelang es ihnen Stück für Stück das Sofa in den Transporter zu tragen. „Na toll. Der ist ja jetzt schon voll ", stöhnte Paul. „Dann haben wir noch zwei Touren vor uns und Mellis Sofa muss auch noch hierhin."

„Warum so umständlich?", fragte Stefan. „Reicht dein Sofa denn nicht aus?"

„Theoretisch ja. Aber wir haben es so beschlossen. Jetzt will ich ihr die Freude auch machen, dieses Sofa in ihre Wohnung zu bringen." Alle drei seufzten.

„Na dann auf."

Die Prozedur dauerte insgesamt drei Stunden. Am Ende passten beide Sofas in den Transporter.

„So, Jungs. Ich lade euch ein. Pizza?"

„Seid mir nicht böse, aber meine Frau wartet", meinte Stefan entschuldigend. „Wann willst du hier weitermachen?"

„Mal sehen. Vielleicht morgen oder am Samstag. Ich möchte, dass Melli sich hier wohlfühlt. Ihr Eichentisch müsste auch noch bei Claudia sein, inklusive Stühle. Vielleicht sollten wir den als nächstes verladen. Wobei ich mich frage, ob der da reinpasst." Paul deutete auf den Transporter.

„Bestimmt. Bisschen Platz ist hier schon. Man kann den ja auseinanderschrauben."

„Das wollte ich uns ersparen. Aber gut. Müssen wir durch, Jungs. Ich überlege ernsthaft, ob ich nicht gleich hier schlafen soll. Dazu brauche ich allerdings noch ein paar Sachen."

„Warum nicht? Immerhin steht das Bett." Christian lachte.

„Theoretisch hätte ich ja auch gerne mein Bett hier. Aber nun, das will ich euch nicht auch noch zumuten. Ich denke, fürs Erste reicht Mellis Bett. Vielleicht schauen wir nach etwas ganz Neuem. Aber das hat Zeit."

„Du hast mir schon einen Schrecken eingejagt. Für heute langt es meinem Rücken." Christian verzog das Gesicht und legte seine Hand ins Kreuz.

Paul grinste. „Nicht nur deinem. Können wir vielleicht noch kurz zum Supermarkt, um den Kühlschrank zu füllen? Und kurz bei mir vorbei?

Ich vergesse immer, dass hier noch nichts ist. Auf dem Rückweg holen wir die Pizza."

„Okay. Sehr gut."

Erst gegen Einundzwanzig Uhr verabschiedete Christian sich von Paul und ließ ihn alleine zurück. Paul hatte, wie von Melli gewünscht, das Adventslicht angezündet. Für heute wollte er es gut sein lassen. Mit Christian hatte er vereinbart, dass sie morgen Mellis Möbel von Claudia holten. Paul hoffte, dass es nicht mehr so viel war. Seine Augen wurden schwer, dass er kaum noch stehen konnte. Doch bevor er ins Schlafzimmer ging, schaute er zum kleinen Adventslicht. Es schien ihn anzuschauen. Ja, die Flamme schien geradezu in seine Richtung zu flackern. Er musste herzhaft lachen.

„Es ist verrückt." Er stand auf und ging zu dem Licht herüber. „Aber wenn du mich anscheinend verstehst, was ich so langsam glaube, habt ihr mir letzte Nacht nicht irgendwas zugeflüstert?"

„*Magie! Magie!*" flüsterte das Adventslicht. „*Aber es ist toll, dass du den Weg zu mir gefunden hast. Denn ich habe schon auf dich gewartet Auch die Begegnung mit Kai hast du positiv gemeistert. Ich bin stolz auf dich. Es ist schön, dass du dich mit Melli ausgesprochen hast. Toll habt ihr das heute gemacht. Habt die Wohnung mit Stimmen und Lachen gefüllt. So war es hier ewig nicht mehr. Das ist schön. Ich konnte die Freude förmlich spüren. Ja. Sie hat sogar meinen Docht erwärmt.*"

Paul schüttelte den Kopf. Hatte es ihm wirklich geantwortet? Konnte es vielleicht sogar Gedanken lesen? Wurde er verrückt?

„*Nein Paul. Du bist nicht verrückt.*" Paul lachte laut.

„Na. Jetzt geht's mir aber besser. Wenn du das sagst. Ich muss dich leider ausmachen, du leuchtest ja schon sehr schön hier am Fenster, aber es ist Schlafenszeit."

„*Gute Nacht Paul.*"

„Gute Nacht." Kopfschüttelnd ging Paul ins Schlafzimmer und fiel todmüde ins Bett.

Kapitel 17 / ~ Auf der Hut ~

Am nächsten Morgen begann der Arbeitstag sehr ruhig. Doch Paul wurde das Gefühl nicht los, dass Sebastian ihn ständig beobachtete.

„Ist etwas?", fragte er ihn kurz und wendete sich dann wieder seinem PC zu.

„Was soll sein?" kam es zurück. Paul schüttelte den Kopf.

„Na gut. Dann halt nicht." Gegen Viertel vor Neun Uhr kam der erste Kunde. Ein älterer Herr mit kräftigem Bauch. Das Kinn hatte er leicht nach vorne gebeugt. Der Mann wollte eine Überweisung tätigen. Wieder bemerkte Paul Sebastians Blick im Nacken. Was sollte das? Oh, er war nicht dumm. Wahrscheinlich beschuldigte er Paul, das Geld eingesteckt zu haben. Während er den Kunden bediente, drehte er sich kopfschüttelnd zu Sebastian um. Er sah ihm direkt in die Augen. Paul spürte, wie sich seine Härchen an den Armen aufstellten. Sollte er ihn direkt darauf ansprechen? Er wollte die ganze Zeit nach dem Geld suchen. Dafür war noch keine Zeit. Dazu wollte er Sebastian hier nicht alleine lassen. Mist. Dann würde er eben die Mittagspause verkürzen, und sich ein paar Minuten Zeit nehmen. Er konnte nur unauffällig schauen. Die Kunden kamen und gingen. Sebastian hörte mit seinem Starren nicht auf. Irgendwann reichte es Paul.

„Was soll das?", fuhr er ihn an.

Sebastian lachte laut auf. Paul schüttelte erneut den Kopf.

„Du glaubst nicht ernsthaft, dass ich das Geld eingesteckt habe, oder? Wozu? Wir verdienen hier beide wahrlich genug." Nun gut. Am liebsten hätte er gesagt, dass er nicht Sebastian heiße, doch er riss sich zusammen. Sebastian schwieg. Doch was Sebastian konnte, konnte er auch. Er nahm sich vor, ihn ebenfalls zu beobachten. Wenn er es so wollte. Irgendwann hielt Paul seinen Blick nicht mehr aus, stand auf und ging wortlos aus der Zentralkasse.

Paul schlenderte zu den Schaltern, wo seine Kolleginnen und Kollegen ihn lächelnd begrüßten. Er ließ seine Augen über die Regale schweifen, die mit Ordnern gefüllt waren und versuchte auszumachen, ob sich da irgendwo das Bündel mit den 100.000 Euro befand.

„Suchst du was?", fragte ein Kollege und klopfte ihm auf die Schulter.

„Nein. Bin auch schon wieder weg. Ich musste mir nur kurz die Füße vertreten." Verdammt. Das konnte heiter werden. Da sie auch freitags bis Vier Uhr nachmittags geöffnet hatten, war es schwierig. Doch nach der Mittagspause hatte Paul tatsächlich Glück. Er war extra früh gegangen. Nur ein Azubi war am Schalter und bediente Kunden. Er schaute sich bei den einzelnen Schaltern um. Tat so, als suche er eine Überweisung. Schaute in der Ecke, wo der Kopierer stand, ob sich da etwas befand. In dem Schrank darunter, wo das Ersatzpapier lagerte. Nichts. Wo war das verdammte Geld? Die Kollegen kamen nach und nach aus der Pause zurück und für einen Freitagnachmittag war es sehr voll. Zurück in der Zentralkasse, schien Sebastian weiterhin auf ihn fixiert.

„Du hast mir meine Frage eben nicht beantwortet. Glaubst du, dass ich das Geld eingesteckt habe?" fragte Paul.

„Das hast du jetzt gesagt. Sieht ja nun fast so aus. Sonst würdest du nicht so bei den Schaltern herumschleichen." Paul merkte, wie sich seine Kehle zuschnürte, er einen knallroten Kopf bekam. Auch wenn er nichts zu befürchten hatte, aber es stank ihm, dass Sebastian ihn ertappt hatte.

„Na. Dann sag schon, wo hast du das Geld versteckt?" Kurz schien Sebastian die Fassung zu verlieren. Seine Sicherheit kehrte rasch wieder zurück.

„Das denkst du also?"

„Ja. Das denke ich. Fakt ist, dass ich das Geld nicht genommen habe", Paul merkte gar nicht, dass er laut geworden war. Sebastian grinste breit und legte den Kopf schief. Paul zuckte zusammen als er sah, dass Thomas neben ihm stand.

„Thomas, ich." Paul schwieg. Thomas betrachtete ihn einen Moment länger als gewöhnlich.

„Kann ich dich kurz sprechen?"

Paul erhob sich und folgte seinem Chef in dessen Büro.

„Was sollte das?", fragte Thomas laut.

„Sebastian hat mich den ganzen Tag im Blick. Ich weiß, dass er mir die Schuld in die Schuhe schiebt, Thomas. Er denkt immer noch, er war damals der Loser, weil ich seinen Betrug damals aufgedeckt habe. Ich habe ihn direkt mit meiner Vermutung konfrontiert, dass er das Geld hier irgendwo versteckt hat."

„Ja. Das habe ich mitbekommen. Paul, er versteckt doch hier nicht sinnlos irgendwo Geld." „Ach, glaubst du etwa auch, dass ich es genommen habe?"

„Nein. Paul, bitte. Beruhige dich. Vielleicht ist es besser, du machst für heute Feierabend. Soll ich mit Sebastian reden?"

„Nein. Und die zwei Stunden bekomme ich auch noch herum. Dann ist Wochenende. Nächste Woche ist Gott sei Dank Stefan wieder da."

„Dann bitte ich dich, Sebastian nicht mit solchen Unterstellungen zu konfrontieren, die du nicht beweisen kannst. In Ordnung?" Paul schluckte, und nickte.

„In Ordnung."

„Und Paul. Ich habe dir gesagt, dass ich dir glaube. Ich weiß, du hast im Moment etwas Stress, dann noch Melli. Aber das wird schon wieder. Und das mit dem Geld wird sich auch irgendwann klären. Ich habe dir auch gesagt, dass wir es irgendwann ausbuchen."

„Ja, gut. Wahrscheinlich hast du recht und ich reagiere im Moment etwas gereizt."

Thomas nickte.

„Gut. Dann ignoriere Sebastian, mach deinen Job und pünktlich Feierabend. Wenn es beim Zählen heute Probleme gibt, ruf mich bitte hinzu."

„Ja, mach ich. Danke."

Thomas nickte. Paul stand auf und ging mit einem flauen Gefühl im Magen zurück zu seinem Arbeitsplatz. Früher Feierabend zu machen, war zwar kein schlechtes Angebot von Thomas gewesen, doch das war ihm zu blöd. Auch heute konnte er wieder nur kurz zu Melli. Heute stimmte die Kasse. Bevor er abschloss schaute Paul rasch auf sein Handy. Tatsächlich, Melli hatte ihm geschrieben.

<Hey, mein Schatz. Ich bin tatsächlich auf Station verlegt worden. Mit etwas Glück werde ich noch am Wochenende entlassen! Zimmernummer 331.>

Erleichterung machte sich in Paul breit. Er spürte, wie seine Schultern sich entspannten. Doch seine Stirn legte sich erneut in Falten. Wie, schon entlassen? So schnell? Noch am Wochenende? Er wollte doch noch alles herrichten und hatte sich überlegt, am Samstag in den Baumarkt zu fahren und dort noch ein bisschen Weihnachtsdekoration zu kaufen. Auch wenn er Weihnachten eigentlich nicht mochte. Aber damit Melli es schön hatte, dafür würde er alles tun. Natürlich wäre es toll, wenn sie schon bald entlassen würde. Hoffentlich wurde er rechtzeitig mit allem fertig. Sein Handy steckte er in seine Manteltasche. Die Zeit war doch schneller als gedacht vergangen und um Punkt vier Uhr verließ er raschen Schrittes die Bank.

Kapitel 18 / ~ Melli geht es besser ~

Wieder fuhr Paul auf direktem Wege ins Krankenhaus. Er fand sofort einen Parkplatz und lief, zwei Stufen auf einmal nehmend, die Treppen hinauf. Er klopfte sachte an die Zimmertür, doch niemand meldete sich. Eigentlich lag noch eine ältere Dame bei Melli, die aber wohl schwerhörig sein musste. Paul klopfte erneut an, doch als es weiterhin ruhig blieb, begann sein Herz laut in seiner Brust zu pochen. Sein Puls raste. Seine Hände schwitzten. Erinnerungen drängten sich in sein Gedächtnis. Als seine Mutter starb, war er einmal in einer ähnlichen Situation. Das Zimmer war leer. Doch sie war nur mit einer lieben Freundin Kaffee trinken. Dabei hatte er sich sämtliche Szenarien ausgemalt. Genau das passierte jetzt wieder. Die alte Dame schlief tief und fest. Sie zu wecken stand außer Debatte. Vielleicht war Melli zur Toilette. Bestimmt. Er lief im Zimmer hin und her. Was war mit ihr? Ging es ihr wieder schlechter? Diese Ungewissheit. Zum Glück lag ihre Zeitung, die Claudia ihr mitgebracht haben musste, noch auf dem Nachtschrank. Sein Herzschlag beruhigte sich ein wenig. Er setzte sich aufs Bett. Vielleicht war sie nur zu irgendwelchen Untersuchungen gerufen worden. Ihr Handy lag offen auf dem Tischchen. Paul schüttelte den Kopf. Melli schien viel Vertrauen in die Krankenhäuser und ihre Patienten zu haben. Sollte er Christian schreiben, dass er es nicht pünktlich zur Wohnungseinrichtung schaffte? Er brauchte Gewissheit und ging zum Schwesternzimmer. Schwester Doris hatte wieder Dienst und blickte lächelnd zu ihm auf.

„Wo ist meine Freundin? Wie geht es ihr?"

„Sie wurde eben erst zum Röntgen der Lunge abgeholt. Das kann leider etwas dauern." Paul fiel ein schwerer Stein vom Herzen. Er merkte, wie Leben seine Wangen füllte.

„Gott sei Dank. Ich dachte schon, ihr geht es schlechter."

„Nein, nein. Im Gegenteil. Wahrscheinlich wird sie morgen schon entlassen. Deshalb zur Sicherheit das Röntgen, ob die Lunge wieder frei ist."

„Gut. Ist das Fieber denn runter?"

„Ja. Das ist auf 37,9 Grad gesunken. Ein bisschen erhöhte Temperatur, aber die sollte bis morgen früh auch runter sein."

„Sehr schön. Vielen Dank." Paul ging zurück ins Zimmer und schloss die Tür leise hinter sich. Er war froh, dass es Melli besser ging. Doch auch etwas enttäuscht, dass er die Wohnung nicht vollständig alleine einrichten konnte. Eines wollte er noch erledigen. Er zückte sein Handy und rief Christian an. Der sich gleich meldete.

„Hi Paul, wo bleibst du denn? Stefan und ich sind schon bei eurer Wohnung."

„Ah. Gut, dass ihr schon da seid. Bei mir wird es leider etwas später. Bin noch im Krankenhaus. Melli ist noch zum Röntgen. Ich habe sie leider noch nicht gesehen. Schafft ihr das mit dem Tisch und den Stühlen alleine? Der wäre noch bei Claudia abzuholen. Klingelt bitte bei Herrn Schröder und bittet ihn um den Zweitschlüssel. Gibt ihm bitte meine Handynummer, falls er an euch zweifelt." Paul musste selbst über seine Worte lachen.

„Bitte was?", fragte Christian nach.

„Entschuldige. Er scheint etwas eigen zu sein. Er könnte euch für Einbrecher halten, weil niemand von uns dabei ist. Gib ihm meine Nummer, falls er blöde Fragen stellt. Er wird nachfragen. Und Christian, falls er fragt, ob Melli und ich ein Paar sind, wir sind schon seit dem letzten Sommer zusammen. Okay?"

„Äh, ich verstehe zwar nur Bahnhof, aber gut. Wir fahren dann gleich den Tisch und die Stühle holen und zur Wohnung."

„Super. Danke euch. Ich komme so schnell es geht, will Melli aber noch kurz sehen."

„Sicher. Sag ihr gute Besserung und liebe Grüße."

„Danke. Mache ich. Ach, Christian. Ich würde gerne noch rasch in den Baumarkt fahren, ein bisschen Weihnachtsdekoration kaufen. Sonst schaffe ich das nicht mehr. Ich möchte nicht, dass Melli sich, wenn sie morgen entlassen wird, gleich anstrengt."

„Wow Paul. Du liebst sie wirklich."

„Na sicher. Ich bin verliebt wie nie."

„Sehr schön. Dann erfolgreichen Einkauf und bis nachher."

„Bis nachher."

Paul blickte auf die Uhr. Eine Viertelstunde war bereits vergangen. Wie lange dauerte das denn noch? Es war auch für die Patienten eine ewige Warterei. Er lief weiter auf und ab. Die alte Dame schien das nicht zu stören. Sie atmete ruhig und gleichmäßig und erinnerte ihn irgendwie an seine Mutter. Paul seufzte. Wieso musste er in letzter Zeit so oft an seine Eltern denken? Gerade die schneeweißen Haare und die Dauerwelle. Beim Betrachten der Dame zuckte Paul plötzlich zusammen, als die Tür aufging und Melli hereinkam. In Begleitung einer anderen Schwester.

„Hallo, mein Schatz", Melli strahlte übers ganze Gesicht.

„Hey. Du siehst ja richtig fit aus." Paul ging auf sie zu, umarmte sie und küsste sie flüchtig.

„Ich bin auch fit. Der Oberarzt hat gesagt, das Fieber sollte bis morgen nochmal runter gehen. Ich bekomme für zu Hause dann Paracetamol. Werde nächste Woche noch krankgeschrieben. Aber dann kann ich endlich unsere Wohnung einrichten." Melli setzte sich aufrecht ins Bett. Paul hob mahnend den Zeigefinger. Von seinen Sorgen die er hatte, als er ins Zimmer kam, sagte er nichts.

„Du hast bestimmt absolute Bettruhe. Wenn, dann richten wir die Wohnung gemeinsam ein. Ich freue mich auch schon darauf. Soll ich noch einen Weihnachtsbaum besorgen?" Melli blickte Paul belustigt an. Grinste breit vor sich hin.

„Einen Weihnachtsbaum? Du? Paul. Darf ich dich erinnern, dass du Weihnachten hasst? Das habe selbst ich die letzten Jahre mitbekommen." Paul grinste.

„Das stimmt zwar, aber ich war noch nie so glücklich wie jetzt und ich möchte, dass du dich in unserer Wohnung wohlfühlst. Und du weißt ja, warum ich Weihnachten hasse, seit dem Tod meiner Eltern war ich todunglücklich. Es ist auch gut, dass der Chor kein reiner Kirchenchor ist, denn sonst wäre ich wahrscheinlich nicht zur ersten Probe damals erschienen. Aber singen hat mir schon immer Spaß gemacht.

„Ich weiß Paul. Und ich freue mich, dass du inzwischen wieder anders empfindest. Sehr sogar." Sie sahen sich lange an und Paul lächelte.

„Klar, es ist vielleicht noch etwas früh. Aber wenn wir den Baum morgen aufstellen, haben wir länger etwas davon. Ich müsste dann leider nur gleich los. Muss auch noch ein paar Besorgungen machen. Was wünschst du dir morgen zum Essen?" Ein Teil seiner Überraschung hatte er zwar verraten, aber Melli würde sich sonst wundern, weil er schon wieder losmusste.

„Oh Paul, du bist so lieb. Ich danke dir." Melli zog Paul an sich. Sie küssten sich etwas länger. Dann drückte Paul sie sachte zurück. „Ich liebe dich. Weißt du das eigentlich? Du fehlst mir unheimlich und ich freue mich, wenn du morgen wieder da bist. Du kannst dich melden, wenn du abgeholt werden kannst. Was soll ich kochen?"

„Oh, Spaghetti mit Knoblauch und Garnelen. Geht das?" Paul lachte leise.

„Na. Sicher geht das. So meine Süße. Ich lasse dich ungern allein, aber ich muss. Schlaf dich nochmal richtig gesund, dann sehen wir uns morgen."

„Bis morgen und schlaf du auch gut." Noch einmal küssten sie sich, dann verschwand Paul mit einem Dauergrinsen.

***

Die Adventslichter waren zwar aus, doch nachdem sie mitbekommen hatten, dass Melli entlassen werden sollte, meinte das Adventslicht am Fenster zu dem anderen:

„Wenn wir nachher leuchten, senden wir Melli mal eine ordentliche Genesungsflamme. Wir haben uns wohl etwas zu sehr um Paul gekümmert, glaube ich."

„Ja. Du hast recht. Eine gute Idee. Na, Paul hatte ja auch einiges an Kummer die letzten Tage. Das Geld ist auf der Arbeit immer noch nicht aufgetaucht. Doch da sollten wir uns drum kümmern, wenn Melli wieder zu Hause ist. Gute Idee. Hoffentlich kommt Paul bald." Das Adventslicht kicherte.

„Paul hat gute Freunde. Christian und Stefan legen sich hier voll ins Zeug. Paul wird staunen, wenn er kommt."

„Ja. Da hast du sicher recht. So und jetzt, lass uns weiter amüsieren. Schau, wie Stefan und Christian mit der Tischhälfte kämpfen."

„Gut, dass sie den auseinandernehmen können und nicht im Ganzen rein tragen müssen." Die Adventslichter lachten laut.

„Psst. Christian und Stefan müssen uns jetzt nicht unbedingt hören. Komm. Lass uns schweigen und beobachten. Wir können uns auch beim Beobachten köstlich amüsieren."

„Oh ja."

So konzentrierten sie sich auf das Geschehen im Esszimmer. Insgeheim freuten sie sich auf Paul, damit sie ihre ganze Kraft aussenden konnten. Wo er nur blieb?

***

Im Baumarkt dudelte Weihnachtsmusik. Paul verdrehte die Augen, doch es war ihm nicht so schwer ums Herz wie all die Jahre zuvor. Denn es stimmte. Er war glücklich. Den Einkaufswagen schob er durch die Gänge. Gleich hinter den Kerzen fand er jede Menge Weihnachtsdekoration. Was würde Melli gefallen? Würde sie sich überhaupt darüber freuen? War es zu kitschig? Fragen über Fragen drängten sich in seinen Kopf. Er kniff die Augen zusammen. Für einen Adventskranz war es zu spät. Der erste Advent war vorbei. Doch dann fiel ihm ein süßes Adventsgesteck ins Auge. Mit einem Glas für ein großes Teelicht, verziert mit roten Sternen, Tannenzapfen und grünen Zweigen. Das würde sich auf dem Wohnzimmertisch bestimmt gut machen. Ein großer Nikolaus kam auch noch mit. Er fragte sich, ob Melli Girlanden mochte. Girlanden gab es in allen Variationen. Aber sie hatten kein Geländer. Er schlenderte weiter durch die Regale. Warmweiß leuchtende LED Kugeln lagen so einladend da, dass er nicht dran vorbeigehen konnte. Sie waren batteriebetrieben und die Kugeln machten sich bestimmt gut auf einer der Fensterbänke. Er kaufte das Set gleich zweimal. Es gab zwei größere Kugeln und eine kleine. Ein Ständer für den Baum wäre noch sinnvoll. Und eine Lichterkette. Er wollte alles haben, damit er ihn mit Melli gemeinsam schmücken konnte. Sollte er noch Kugeln kaufen? Melli hatte wahrscheinlich einiges im Überfluss, aber sie jetzt anzurufen und nachzufragen kam nicht infrage. So schlenderte er erneut durch die Gänge und der Inhalt seines Einkaufswagens häufte sich. Des Weiteren kam noch jede Menge Kleinkram an Dekoration mit und er hoffte, dass er Mellis Geschmack getroffen hatte und sie ihn nicht auslachen würde. Jetzt auf zum Gartencenter. Dort war mehr Betrieb und einige Leute schauten auch schon nach einem Weihnachtsbaum. Dann sah Paul ihn. Das ging schnell. Er wusste sofort, es ist der richtige Baum, der seinen Platz links neben dem Fenster mit den Adventslichtern füllen sollte. Der Baum stand offen da. Es dauerte ein Weilchen bis Paul den Verkäufer auf sich aufmerksam gemacht hatte.

„Eine Blautanne soll es sein? Die kostet Vierzig Euro."

„Vierzig Euro? Ist das nicht etwas viel? Sie ist zwar sehr prachtvoll und ich würde sie gerne nehmen."

„Okay. Sie wussten gleich, was Sie wollten. Das geht vielen nicht so. Sie bekommen sie für 30 Euro"

„Oh. Super. Vielen Dank!"

Der Verkäufer nickte erfreut und ging zu dem Regal am anderen Ende des Ganges, wo die Netze lagen. Gemeinsam schafften der Verkäufer und Paul es, den Baum zu bändigen und ins Netz zu bugsieren.

„Danke." Paul lächelte, „kann ich den nachher hier abholen?"

„Ja. Sie können mit dem Auto hinten ranfahren. Ich bin dann dort."

„Super. Bis gleich dann." An der Kasse musste Paul etwas länger anstehen, doch jetzt war es auch egal. Gefühlte zwei Stunden später trudelte er endlich bei der neuen Wohnung ein.

Kapitel 19 / ~ Wohnungseinrichtung 2 ~

„Oh, wow! Ihr habt ja ganze Arbeit geleistet", rief Paul erfreut, als er voll bepackt das Wohnzimmer betrat. Aus den Augenwinkeln konnte er den Esstisch und die Stühle wahrnehmen. „Die passen wirklich einwandfrei hier rein."

„Ja, wie als wären sie dafür gemacht. Wie geht's Melli?", fragte Christian und auch Stefan blickte neugierig zu Paul.

„Es geht ihr besser. Wie es aussieht, darf sie morgen schon heim."

„Na siehst du." Stefan grinste. „Dann könnt ihr die Wohnung richtig genießen."

„Leute. Ich habe im Auto noch den Weihnachtsbaum. Könnt ihr den noch mit mir aufstellen?" Zwei fragende Gesichter blickten Paul an.

„Du hast tatsächlich einen Baum gekauft?"

„Oh ja. Ein Prachtstück. Ihr müsst nur beim Aufstellen helfen. Schmücken will ich ihn morgen mit Melli."

Zusammen mit Stefan ging Paul nach draußen und sie trugen den Baum in die Wohnung. Erst stellte er den Ständer an die gewünschte Stelle. Paul stellte den Baum in den Ständer und zog das Netz ab. Schwungvoll kamen die Äste der Blautanne zum Vorschein. Gerade gewachsen war er, und hatte keine großen Lücken, einfach perfekt.

„Mensch, Paul. Da wird Melli begeistert sein. Sind wir hier soweit fertig?", fragte Christian.

„Ja. Ich denke schon. Den Rest mache ich gleich noch alleine. Ich werde alles noch ein bisschen aufhübschen. Ich will Melli mit etwas Weihnachtsdekoration überraschen."

„Gut. Wenn es okay ist, verabschiede ich mich für heute", sagte Stefan und auch Christian zog den Autoschlüssel aus seiner Hosentasche.

„Ach du je. Die Chorprobe. Kommst du heute also nicht mit?" fragend blickte er zu Paul.

„Was bin ich nur für ein Chorleiter, der die Probe fast vergisst. Ist mir in meiner ganzen Laufbahn noch nicht passiert." Christian schüttelte über sich selbst den Kopf.

„Sorry. Heute nicht. Nächste Woche solltest du sowohl mit mir als auch mit Melli rechnen können."

„Sehr gut. Ich muss euch nächste Woche eh noch die Blätter für die Faltheftchen bringen, die wir wieder in der Christmette auslegen werden.

„Klar. Komm einfach vorbei. Vielen Dank ihr Zwei, dass ihr mich so tatkräftig unterstützt habt. Wir laden euch, wenn alles schön ist, dann mal zum Essen ein."

„Au ja", Stefan nickte begeistert. „Du. Wir sehen uns Montag. Schönes Wochenende, mein Freund."

„Danke, das wünsche ich euch beiden auch. Und Stefan, bis Montag." Der grinste breit. „Ich will dann alles wissen", rief er und verließ zusammen mit Christian die Wohnung. Paul schloss die Haustür, ging durch die Diele wieder ins Wohnzimmer und sah sich um. Es sah schon sehr gemütlich aus. Fehlte eigentlich nur noch der Fernseher. Langsam ging er zum kleinen Adventslicht. Er zündete es an und seine Flamme leuchtete hell auf. Es wirkte irgendwie stolz. Ging das? Er hatte das Gefühl, dass sein Docht noch mehr gestreckt war, wie sowieso schon.

„Jetzt kommt Melli morgen schon nach Hause. Meinst du, ihr gefällt, was wir hier geschafft haben?"

Ja. Ja. Ganz sicher sogar. Sie wird begeistert sein. Und gut Paul, dass du mit dem Baum wartest, bis sie da ist."

„Aber die Weihnachtsdekoration darf ich verteilen?", Paul grinste und schüttelte gleichzeitig den Kopf.

„Oh ja. Über ein bisschen Weihnachtsstimmung freut sie sich ganz sicher. Und auf ein feines Essen morgen Abend bestimmt auch."

Paul musste lachen. Sie hatte sich doch Spaghetti mit Garnelen gewünscht. Richtig, da war was.

„So. Kleines Licht. Ich lasse dich über Nacht an. Sende Melli nochmal sämtliche Energie und Kraft, damit sie morgen wohlbehalten und gesund hier ankommt.

„Das wird gleich erledigt. Du solltest nicht mehr zu lange machen Paul. Auch du brauchst deinen Schlaf."

„Jawohl. Ich verteile noch die Dekoration und dann gehe auch ich ins Bett."

Das kleine Adventslicht konnte nun alles geben und reckte seine Flamme noch mehr. Paul blickte unten auf die Straße. Dass die Menschen jetzt schon so viel Zeugs kauften, so viele Tüten schleppten. Beim Rathausplatz tummelten sich die Menschen um die Glühweinstände. Ob Melli trotz Krankschreibung mal an die frische Luft auf einen Glühwein raus durfte? Er schaute zum Himmel. Paul musste grinsen. Lag das auch an den Lichtern? Zarte Flocken fielen vom Himmel. Er riss sich zusammen und behielt den Gedanken für sich, ob das auch die Adventslichter waren.

Morgen früh würde er noch Einkaufen fahren und bei Claudia vorbeifahren, um das Fernsehschränkchen ins Auto zu laden, von dem er hoffte, dass es nicht so groß war. Zu seiner Wohnung musste er auch nochmal. Gähnend ging er in die Küche und schmierte sich zwei Brote, nahm ein kühles Bier aus dem Kühlschrank und ging zurück ins Wohnzimmer. Den Wecker am Handy stellte er auf sieben Uhr morgens Später am Abend fiel Paul dann todmüde ins Bett. Doch er konnte nicht so recht einschlafen.

***

Das Adventslicht kam Pauls Bitte umgehend nach. Während es ihn beobachtete, wie er hier und da noch etwas verrückte, wussten sie, dass sicherlich noch einiges an Dekoration fehlte. Doch die Dekokugeln, die bereits auf dem Sideboard lagen, sahen sehr gut aus. Sie würden abends für eine behagliche Stimmung sorgen. Das Adventslicht richtete seine Flamme auf und legte seine ganze Kraft in sie hinein, so dass sie richtig hoch aufflackerte. Eine Genesungsflamme für Melli sollte über Nacht reichen und ihr auch das letzte kleine bisschen Fieber nehmen und ihr Kraft zurück schenken, sodass sie sich morgen vollständig fit fühlen würde.

***

Melli lag in ihrem Bett und konnte nicht einschlafen. Sie freute sich so sehr auf ihre Entlassung. Kurz vor 22 Uhr schrieb sie doch noch eine Nachricht an Paul:

<Hey, mein lieber Schatz. Schläfst du schon? Ich kann nicht einschlafen. Freue mich so sehr auf morgen. Auf die Wohnung, auf dich. Du fehlst mir. Ich wünsche dir eine gute Nacht. In Gedanken bin ich bei dir und beim Adventslicht und freue mich auf euch.>

Paul warf noch im Bett einen letzten Blick auf sein Handy, wie er es jeden Abend tat. Melli. Sie hatte ihm geschrieben. Er las die Nachricht und grinste, bevor er ihr zurückschrieb:

<Hey. Wir freuen uns auch sehr auf dich. Wir vermissen dich auch. Ich lege mich jetzt hin. Versuch zu schlafen. Wir können ja voneinander träumen, dann ist die Nacht sicher rasch vorbei. Küsschen und gute Nacht, meine Süße. Bis morgen. Melde dich, wenn ich dich abholen soll und ich komme sofort.>

Es dauerte nicht lange, als die zweite Nachricht von Melli einging.

<Ja. Voneinander träumen, klingt toll. Ich versuche es. Ich hoffe, die haben morgen schnell die Entlassungspapiere fertig. So, mein Süßer. Bis Morgen. Küsschen.>

Paul legte das Handy aufs Nachtschränkchen. Er überlegte noch, ob es sinnvoll wäre, das Ladekabel an die Steckdose, die glücklicherweise hinterm Nachtschränkchen vorhanden war, einstecken sollte. So konnte das Handy jede Nacht bis zum Morgen geladen werden. Bisher hatte er es immer in der Küche geladen. Nachts hatte er bisher nie den Drang verspürt, nach dem Handy zu greifen. Doch inzwischen war alles anders. Lächelnd zog er die Decke bis zum Hals und ihm fielen die Augen zu. Er fiel in einen traumlosen Schlaf.

Kapitel 20 / - Endlich wieder daheim -

Melli hatte nicht gut geschlafen. Sie war aufgeregt und die Vorfreude auf die neue Wohnung wuchs. Doch wenn sie an die ganze Arbeit dachte, die noch vor ihr lag, wurde ihr mulmig im Magen. Wer hätte das gedacht? Was aus ihrer kleinen Lüge am Anfang bei der Wohnungsbesichtigung geworden war? Sie grinste breit. Es war erst sechs Uhr früh. Erst in etwa einer Stunde würde es das Frühstück geben. Seufzend drehte sie sich um und kuschelte sich in ihre warme Decke. Ob Paul noch schlief?

**

Pünktlich um sieben Uhr klingelte Pauls Wecker. Er schreckte hoch. So gut hatte er lange nicht geschlafen. Er streckte sich. Sollte er wirklich schon aufstehen? Es half nichts. Ihm machte frühes Aufstehen eigentlich nichts aus. Doch heute würde er gerne noch ein Weilchen liegenbleiben. Aber nein, Paul wollte lieber aufstehen. Er warf die Bettdecke zurück. Griff nach seinem Handy, und rief WhatsApp auf. Es war keine neue Nachricht eingegangen. Er musste Claudia informieren. Um halb neun wollte er zu ihr. Wieso hatte er da nicht eher dran gedacht? Er tippte folgende Nachricht:

<Guten Morgen Claudia, ich komme um halb 9 bei dir vorbei und hole das Fernsehschränkchen von Melli ab. Hoffe, das passt? Sie darf heute nach Hause. Aber wahrscheinlich weißt du das schon. L. G. Paul.>

Er erhob sich, ging ins Bad und unter die Dusche. Danach fühlte er sich frisch. In der Küche machte er sich ein Toastbrot mit Marmelade.

Gut, dass wenigstens hier sämtliche Geräte schon vorhanden waren. Die alten Mieter hatten sogar die Elektrogeräte dagelassen. Sie wollten neue für ihre Wohnung in der anderen Stadt. Auch komisch, dachte Paul. Denn die Geräte funktionierten einwandfrei. Sie waren wie neu. Er machte sich einen Kaffee und frühstückte im Stehen. Mit der Tasse Kaffee in der Hand, ging er wenige Minuten später ins Wohnzimmer und schaute sich alles an. Zufrieden lächelte er. Sein Handy meldete eine neue Nachricht. Das sollte Claudia sein. Er warf einen Blick darauf. Richtig. Sie schrieb, er könnte auch direkt kommen. Also, worauf noch warten? Sie hätte sicher erwähnt, wenn das Schränkchen zu groß für sein Auto wäre. Bei der Haustür stieß er auf Herrn Schröder, der ihn mit einem grimmigen Blick zu beobachten schien. Der bedeutete sicher nichts Gutes.

„Guten Morgen Herr Schröder."

„Guten Morgen Herr Winter. Ach, sagen Sie. Wo ist denn Ihre Frau? Ich sehe immer nur Sie hier durchs Haus huschen." Innerlich verdrehte Paul die Augen. Melli war nicht seine Frau. Noch nicht. Und überstürzen wollte er schon gar nichts, auch wenn er Melli über alles liebte, so viel war ihm klar. Aber er verbesserte Herrn Schröder nicht.

„Im Krankenhaus. Sie ist vor ein paar Tagen zusammengebrochen. Doch heute darf sie wieder nach Hause."

„Gut, dass es ihr wieder besser geht. Doch sie brauchen nicht zu denken, dass ich nicht weiß, dass sie am Anfang noch kein Paar waren. Ihre Frau hat rote Wangen bekommen und Ihr fragender Blick ist mir nicht entgangen." Jetzt hatte Herr Schröder sie durchschaut, dachte Paul und überlegte, was er am besten antwortete. Die Wahrheit? „Und wenn es so ist?", sagte er und in diesem Moment klingelte sein Handy in seiner Manteltasche. Lächelnd sah er Herrn Schröder an und nahm das Gespräch an.

„Mein lieber Schatz. Kann ich dich abholen?" Paul blickte zu Herrn Schröder, der ihn immer noch musterte.

„Super. Dann bin ich um 10 Uhr da. Die Zeit bekommst du noch herum. Ich liebe dich. Ich fahre noch rasch einkaufen, ehe ich bei dir bin.

Bis dann." Paul drückte das Gespräch weg. Und steckte das Handy wieder in seine Manteltasche.

„Sie lieben sie also?", fragte Herr Schröder.

„Wie ich noch nie eine Frau geliebt habe. Wenn Sie entschuldigen. Ich muss jetzt los. Bevor ich sie abhole, muss ich noch etwas erledigen."

„Kaufen Sie ihr Blumen!"

Paul, schon halb auf dem Sprung drehte sich zu Herrn Schröder um. Hat er das gerade wirklich gesagt?

„Was?", fragte Paul.

„Kaufen Sie ihr Blumen. Das mögen Frauen."

„Danke für den Tipp. Sie kennen sich aus." Kopfschüttelnd eilte Paul weiter, während er einen lächelnden Herrn Schröder zurückließ. Ob das Thema jetzt durch war?

Bei Claudia angekommen, empfing ihr Mann Carsten ihn schon bei den Garagen.

„Hey, Paul. Das Schränkchen sollte ins Auto passen. Ich helfe dir beim Tragen. Es hat aber auch Rollen, also solltest du gleich gut alleine damit zurechtkommen."

„Hey, Carsten. Super. Und vielen Dank dir. Den anderen Kleinkram, den ihr noch habt, holen wir dann nächste Woche."

„Klar. Lasst euch Zeit. Es eilt nicht. Wir haben ja Platz."

Zusammen hoben sie das Schränkchen in den Kofferraum.

***

Den gestrigen Tag hatte Kai im Vollrausch verbracht. Nach der Begegnung mit Paul kaufte er im nächsten Supermarkt eine Flasche hochprozentigen Whisky, verbrachte den Tag in seiner Hotelsuite. Als Lehrer verdiente er schließlich Geld. Die Woche hatte er sich krankgemeldet, in der Nächsten würde er wieder arbeiten gehen. Dann dauerte es bis zu den Weihnachtsferien nicht mehr lange. Immerhin schienen seine Schüler ihn zu mögen. Wenn Melli ihn schon nicht mehr mochte. Ein kleiner, aber schwacher Trost. Vielleicht sollte er sich mal an Sabine, die neue Lehrerin in der Schule ran machen. Vielleicht wäre die was für ihn. Aber noch nicht. Er fuhr halbwegs nüchtern zum Krankenhaus. Vielleicht wurde Melli heute entlassen. Er stellte sich auf einen guten Beobachtungsposten. Zumindest heute sollte Paul früh dran sein. Es war Samstag. Zum Glück waren in seiner Reihe schon alle Parkplätze belegt. Paul parkte in der Reihe unter ihm. Er stieg aus und lief wieder geradewegs mit einem Lächeln auf dem Gesicht ins Krankenhaus. Er wirkte glücklich. Wieso konnte er es nicht sein? Melli gehörte doch zu ihm. Kai griff wieder nach seiner Whisky Flasche. Er hatte gestern eine Flasche gekauft, schraubte sie auf, nahm einen großen Schluck und sah Paul hinterher.

***

Eine Stunde später war Paul bei Melli im Krankenhaus, die ihn strahlend empfing, ihre Tasche stand fertig gepackt auf dem Boden. Melli sah richtig frisch aus. Paul breitete seine Arme aus und umarmte sie ganz fest. Es fühlte sich so gut an, ihren Herzschlag an seiner Brust zu spüren. Er fuhr durch ihre Locken, zog sie an sich und gab er ihr einen langen Kuss.

„Was habe ich dich vermisst. Ich freue mich, wenn wir gleich zusammen unser gemeinsames Zuhause genießen können."

„Ja. Ich freue mich auch. Kann es kaum erwarten. Aber sollen wir nicht bei Claudia vorbei, ich muss noch meine restlichen Klamotten abholen. Und würde gerne ein bisschen einrichten."

„Mein lieber Schatz. Was genau hat der Arzt gesagt?"

„Ach Paul. Dass ich mich ausruhen soll. Aber keine absolute Bettruhe."

„Dennoch. Wir schmücken gleich den Baum. Er steht schon und passt absolut perfekt. Da darfst du deiner Kreativität freien Lauf lassen, Okay?"

„Okay. Aber ich habe noch keine Kugeln. Der Baumschmuck ist auch noch bei Claudia."

„Komm, und lass dich überraschen." Paul griff mit seiner linken Hand nach ihrer Tasche, seinen rechten Arm legte er um Melli. Zusammen verließen sie das Krankenhaus.

„Du bist aber geheimnisvoll. Jetzt machst du mich neugierig."

„Das mein Liebling, kannst du auch sein."

„Es hat ja geschneit!", freute Melli sich über die weiße Pracht und drehte sich im Kreis.

„Melli, langsam."

„Paul." Melli stupste ihn sachte in die Rippen. Paul ließ die Tasche sinken. Umarmte sie erneut und küsste sie. Melli stellte sich wieder auf die Zehenspitzen um ihn zu küssen."

***

Die zärtliche Umarmung war Kai nicht entgangen. Paul schien seine Melli wirklich zu lieben. Hatte er sie jemals so strahlen sehen? Plötzlich wurde ihm bewusst wie wenig er sie eigentlich gekannt hatte. Dabei dachte er, sie wäre sein ein und alles. Sämtliche Erinnerungen schossen ihm in den Kopf. Einmal wollte sie ihn mit einem Essen überraschen. Es war ein langer, anstrengender Tag gewesen und er wollte mit seinem besten Lehrerkumpel essen gehen Hatte ihr nur geschrieben, dass er später kommen würde. Er brauchte damals schon einfach das Feierabend Bier. Die Reste des Essens hatte Melli in der Küche stehen lassen und vermutlich hatte sie sich schlafend gestellt. Er hatte sich nicht einmal die Mühe gemacht sie zu wecken. Einmal, als sie ihn zum Sommerkonzert mitnehmen wollte, er ihr noch einen dummen, verletzenden Spruch zugerufen hatte, von wegen Singsang und so, hatte er ihre Tränen nicht bemerkt. Erst als sie nach Hause kam, hatte sie ihm vorgeworfen, dass alle anderen, die einen Partner hatten, diesen mitbringen würden. Mit einem Mal tat es ihm unglaublich leid. Doch schlagartig wurde ihm bewusst, dass er sie endgültig verloren hatte. Er hatte ihr genug Schaden zugefügt und würde sie in Ruhe lassen. Endgültig. Paul schien sie glücklich zu machen. Sie stiegen gerade lachend ins Auto. Vielleicht sollte er doch einen Kurs der Anonymen Alkoholiker besuchen. Letzte Woche war ihm aufgefallen, dass selbst die Schüler seine Alkoholfahne bemerkt haben mussten, da einer rief, ob man nicht das Fenster öffnen könnte, es würde barbarisch stinken. Oh Gott. Wie tief war er gesunken? Er schlug die Hände vors Gesicht, stützte sich mit seinen Armen aufs Lenkrad und ließ alle Tränen hinaus, die sich in ihm aufgestaut hatten, wie einen Wasserfall. So konnte es nicht weitergehen. Im Stillen wünschte er Melli und Paul alles Glück dieser Welt.

***

„Bereit?" fragte Paul, der Melli die Augen zuhielt. Sie war ganz aufgeregt gewesen. Ihre Wangen waren noch röter als sonst. Paul liebte diesen wachen, fröhlichen Blick in ihren meerblauen Augen.

Melli nickte.

„Paul. Mach es bitte nicht so spannend."

„Ja, doch. Ich mache es extra spannend. Willkommen in unserer neuen Wohnung. Voila." Paul löste seine Hand von ihren Augen.

Melli blinzelte. Pauls Sofa. Pauls Sofa? Melli schüttelte ungläubig den Kopf. Ihr Fernsehschränkchen, ihr Fernseher. Sie ging weiter. Der Baum. Wow. Und was war das? Da war ja auch ihr Esszimmer. Ihr heiß geliebter runder Esszimmertisch. Und wie perfekt er hierher passte.

„Das ist, das ist ja, Wahnsinn. Wow, Paul! Du hast ja hier schon alles gemacht." Melli freute sich über das Adventsgesteck auf dem Esstisch. Die goldenen leuchtenden LED Kugeln mit kleinen Sternen auf dem Sideboard und auf dem Fernsehschränkchen, verliehen der Wohnung etwas Warmes, Gemütliches. „Wow Paul. Ich bin sprachlos. Wann hast du das alles geschafft?"

„Na, gestern und vorgestern. Es waren lange Abende, aber ich hatte tatkräftige Unterstützung von Stefan und Christian."

„Ihr seid wahnsinnig lieb. Ich finde es sehr schön. Aber, aber ich bin auch ein bisschen traurig, dass ich nicht mithelfen konnte."

„Das verstehe ich sogar. Aber es fehlt noch so viel. Ich wollte dir ein gemütliches Zuhause bescheren. Dein Sofa ist übrigens bei mir. Aber in dieses hier hast du dich ja ganz am Anfang schon verliebt." Paul grinste und erinnerte sich an den Abend nach der Chorprobe. Gut, dass er sie damals angesprochen hatte. Wer weiß, ob sie sonst heute zusammen wären.

„Oh Paul." Melli zog ihn an sich, fuhr ihm durchs Haar und gab ihm einen Kuss. Paul erwiderte diesen Kuss und wurde ganz leidenschaftlich. Melli zog Paul zum Sofa und sie ließen sich drauf fallen. Melli löste

107

langsam den Kuss und flüsterte Paul ein „Danke, mein lieber Schatz", ins Ohr.

Kapitel 21 / ~ Wenn das nicht Liebe ist ~

Amüsiert beobachtete das Adventslicht die Szene und flüsterte dem anderen zu, das neugierig zu ihm hochblickte:

„Ich wusste, dass sie sich freut. Ist Paul die Überraschung doch gelungen. Da kann er gleich den Baumschmuck holen. Bin gespannt, wie der Baum hinterher funkelt und strahlt.“

„Ich freue mich auch sehr für die Beiden. Endlich kehrt hier Leben ein.

„Ich mich auch. Und Melli hat dich nicht entsorgt. Extra, damit ich Gesellschaft habe. Ich bin auch schon weit heruntergebrannt. Mal gucken, wann Melli mich heute anzündet.“

„Oh. Ganz bestimmt bald. Sei nicht so ungeduldig.“ Die Adventslichter kicherten.“

Paul war kurz verschwunden. Wahrscheinlich die ganze Dekoration für den Baum holen. Melli sah sich um, schüttelte immer wieder ungläubig den Kopf, lächelte. Sie erhob sich, ging langsam zum Fenster und betrachtete das Adventslicht. Es entging ihr nicht, dass es schon deutlich heruntergebrannt war. Daher sagte sie leise:

„Hey, du kleines Licht. Hat Paul sich gut um dich gekümmert?“

„Ja, Melli. Das hat er. Jeden Abend hat er uns angezündet und, und letzte Nacht haben wir durchgehend geleuchtet.“

Melli war gerührt. Und dass, obwohl Paul nicht an Weihnachten oder den lieben Gott oder gar an irgendetwas glaubt. Ob er seine Meinung geändert hatte? Konnte man das überhaupt? Melli griff nach dem Anzünder, der auf der Fensterbank lag.

„Na, dann will ich dich auch mal anzünden. Und keine Angst. Auch du wirst ersetzt. Wenn du soweit heruntergebrannt bist, dass nichts mehr geht."

„Ach Melli. Du bist so gut zu mir. Es ist eine wahre Freude hier zu sein. Bin froh, dass ich der stickigen Luft im Baumarkt entkommen konnte. Oh, Paul kommt zurück."

Melli grinste und betrachtete den Baum. Paul stellte den Karton mit dem Baumschmuck neben ihr auf dem Boden ab.

„Ich habe erst mal nur rote und silberne Kugeln geholt, nicht so viele. Wusste nicht, ob dir klassisch lieber ist oder du vielleicht einen ganz anderen Geschmack hast."

Melli lächelte ihn liebevoll an, reckte sich ein bisschen und legte ihm ihre rechte Hand in den Nacken.

„Mein lieber Schatz. Es ist wunderbar so. Ich bin mir sicher, es wird perfekt aussehen." Melli schloss die Augen. Sie spürte Pauls warmen Atem. Sanft fuhr Paul durch ihre Locken. Wie sehr er das liebte. Er bedeckte Mellis ganzes Gesicht mit Küssen. Melli kicherte. Er gab ihr einen leidenschaftlichen Kuss und führte sie sanft in Richtung Schlafzimmer. Er wollte mehr. Jetzt. Paul blinzelte beim Gang durch den Flur. Gleich hatten sie das Schlafzimmer erreicht. Sachte schubste er Melli aufs Bett. Er löste den Kuss nicht auf, Melli schob sich näher an ihn heran. Auch sie wollte mehr. Sie liebten sich leidenschaftlich. Paul hauchte ihr einen Kuss auf die Stirn und sagte leise:

„Ich liebe dich."

„Ich liebe dich auch", sagte sie leise. „Das, das war wunderschön." Sie hielten sich eng umschlungen. „Das sollten wir wiederholen."

„Jetzt?" Melli lachte frech.

„Was hält uns davon ab?"

„Nichts?" Sie küssten sich erneut sehr leidenschaftlich. Eine Weile blieben sie noch im Bett liegen und hielten sich fest an den Händen.

***

„Ui, ui, ui. Das war wohl erst mal nichts mit dem Baum schmücken."

„Ach. Das haben sie doch gleich noch rasch gemacht."

„Ja, ja. War der Weg ja doch nicht so weit, wie wir gedacht haben."

„Überleg mal. Sie haben sich lange nicht gesehen. Nun ja, eigentlich jeden Tag. Aber nur kurz. Und jetzt ist es doch klar, dass sie übereinander herfallen." Die beiden glucksten vor sich hin. *"Somit ist diese Wohnung hier auch eingeweiht."*

Das andere Adventslicht lachte laut.

„Deshalb ist die Wohnung eingeweiht? Bin gespannt, ob sie noch eine große Party feiern."

„Vielleicht ja an Silvester? Wir können ihnen ja den Vorschlag machen. Oh. Ich glaube sie kommen zurück."

***

Ebenfalls glucksend kehrten Melli und Paul erst mittags aus dem Schlafzimmer zurück. „Dann bringen wir wohl mal die Lichterkette an. Ich habe eine mit kleinen Lichtern besorgt."

„Paul, du hast alles perfekt durchdacht. Und dass, obwohl du Weihnachten hasst." Er grinste. „Vielleicht, vielleicht hasse ich es ja nicht mehr so ganz. Und tja, ehrlich gesagt, dein Freund da oben, oder Freundin, wie auch immer man das Adventslicht nennen soll, ist daran nicht ganz unschuldig."

„Heee Paul. Das will ich überhört haben."

Paul und Melli grinsten sich breit an.

„Du hörst sie also auch."

„Oh ja. Sehr gut sogar. Dabei habe ich anfangs gedacht, ich spinne. Adventslichter die reden."

„Tja. Magie", flüsterte Melli und lächelte ihr Engelslächeln, dass Paul so sehr an ihr liebte, wie überhaupt alles.

***

„Schau nur, wie sie dasitzen, frisch verliebt und eng umschlungen auf dem Sofa. Und sie haben begriffen, dass sie zueinander gehören. Doch wir sollten uns noch um Paul kümmern. Er hat noch die Sorge mit dem Geld. Er konnte sich jetzt gut ablenken. Aber ich glaube, der Gedanke daran, wird ihn spätestens morgen

schlagartig überrollen. Vielleicht können wir verhindern, dass er heute Nacht zu sehr davon träumt."

„Das wäre nicht gut. Das stimmt. Komm. Wir schicken ein Gebet zum heiligen Antonius, er ist ja der Schutzpatron zu dem man betet, wenn man etwas verloren hat. Dazu schicken wir ihm noch eine ganze Menge Magie. Magie, Magie. Wenn wir dann noch leuchten, was wir tun werden, dann findet Paul das Geld. Denn ich weiß ganz sicher. Er war es nicht. Er muss nur wissen, wo er suchen muss."

Das andere Adventslicht lachte fröhlich? auf.

„Ja. Wenn er das weiß. Ich habe eine Idee!", meinte das Adventslicht am Fenster und ließ seine Flamme vor Freude tanzen. Sie unterhielten sich im Flüsterton, damit Melli und Paul nichts davon mitbekamen. Sie sahen sich einen Film an, hin und wieder lachten sie laut oder unterhielten sich kurz.

„Ja? Dann lass mal hören." Das Adventslicht auf der Fensterbank lauschte gespannt. Jenes Das andere flüsterte ihm seine Idee zu.

„Oh. Du hast so gute Ideen. Wirklich grandios. Das sollte funktionieren. Dann sollte der arme Paul bald von seinem Kummer erlöst sein."

***

Den Sonntag verbrachten Melli und Paul ganz entspannt. Am Nachmittag lachte die Sonne vom Himmel und der Rathausplatz war voller Menschen. Über Nacht hatte es erneut geschneit und es sah so aus, als wäre die Straße leicht gezuckert.

Der Schnee gab der Adventszeit noch etwas Besonders. Ob es dieses Jahr weiße Weihnachten geben würde? Wenn die Trompeten spielten, drang die Weihnachtsmusik sogar zu ihnen ins Wohnzimmer. Am Nachmittag schlenderten auch Melli und Paul hinaus. Fast der ganze Chor war anwesend. Sie wurden herzlich empfangen, man beglückwünschte sie als Paar. Zwei Glühweine gingen immer und Melli aß erst einen Crêpe mit Zucker und Zimt. Für abends nahmen sie Reibekuchen mit nach Hause. Paul war den ganzen Tag gut abgelenkt gewesen, doch jetzt, als sie auf der Couch saßen, kehrten seine Gedanken zurück zu den Hunderttausend Euro. Er sprang plötzlich auf.

„Ich hatte das Geld ganz vergessen! Seit Freitagabend habe ich nicht mehr an die verschwundenen Hunderttausend Euro gedacht."

„Hey." Melli erhob sich ebenfalls, und umarmte ihn fest.

„Paul, das Geld findet sich bestimmt wieder."

„Wo denn? Ich gebe ja zu, ich hatte noch nicht die richtige Zeit zum Suchen. Gut, dass Stefan morgen wieder da ist. Dann kann ich mich wenigstens mal wegschleichen."

„Weiß er davon?"

„Ja. Wir haben kurz darüber gesprochen."

„Dann hat er bestimmt noch eine Idee."

„Hoffentlich. Es tut mir leid, dass ich dir jetzt den Abend vermiese, aber auf den Film kann ich mich leider nicht mehr konzentrieren."

„Schon in Ordnung."

Paul ging zu den Adventslichtern herüber. Ja. Er hatte sie schon einmal um Rat gefragt. Ach was, mehrmals.

„Ihr wisst doch bestimmt wo das Geld ist. Könnt ihr mir einen Tipp geben?" Flehend schaute er nach oben." Die Flamme leuchtete hell und groß.

„Wir haben getan, was wir konnten Paul. Wir sind aber sehr zuversichtlich. Das solltest du auch sein. Und grübele nicht die ganze Nacht darüber. Du musst schlafen, damit du morgen fit bist. Sonst wird es zu anstrengend."

„Ihr sagt das so locker."

„Paul. Mach es dir nicht schwerer als nötig. Du hast Melli. Sie ist dir eine starke Stütze. Du weißt, wir zwei beschützen euch beide. Mehr können wir im Moment leider nicht tun. Wir schicken dir aber noch eine Portion Zuversicht, bevor du schlafen gehst."

„Danke. Ihr seid in meinem Herzen."

***

„Schau, schau. Wie besorgt er ist. Wie traurig er davongeschlichen ist. Das habe ich nicht kommen sehen."

„Nein. Ich auch nicht. Lass uns erneut zum heiligen Antonius beten und uns die Idee umsetzen, damit Paul das Geld morgen quasi in die Finger fällt."

„Ja. Das machen wir. Gleich, wenn die Beiden im Bett sind. Aber weißt du, was ich wunderschön finde? Er hat gesagt, ihr seid in meinem Herzen. Wenn ich könnte, würde ich ein Tränchen vergießen."

„Ach du. Du kannst Wachs vergießen."

Die Adventslichter glucksten leise.

„Dann lass uns noch einmal alles geben und ganz viel Magie und Energie aussenden. Sie haben mich brennen lassen."

Das Adventslicht ließ seine Flamme noch heller erstrahlen. Es blickte hinaus und sah Flocken vom Himmel fallen. Alle Kraft, die es besaß, sendete es aus und auch die Ruhe an Paul, dass er gut schlafen konnte. Erst dann fielen auch die Adventslichter ins Schweigen.

Kapitel 22 / ~ Ob das Geld sich findet? ~

Um halb sieben klingelte der Wecker und Paul rieb sich die Augen. Sein Blick wanderte herüber zu Melli, die sich dicht an ihn geschmiegt hatte. Sie gähnte herzhaft. Paul gab ihr einen sanften Kuss auf die Nasenspitze.

„Guten Morgen, meine Schöne."

„Guten Morgen."

„Hast du gut geschlafen?"

„Sehr gut. Und du?"

„Erstaunlicherweise besser als gedacht. Obwohl ich dachte, ich mache kein Auge zu."

„Siehst du." Melli drehte sich zu ihm.

„Lust habe ich trotzdem keine. Am liebsten würde ich hier mit dir im Bett bleiben und kuscheln." Paul grinste verführerisch. Melli lachte leise.

„Da hätte ich zwar auch nichts gegen, aber ich werde mich gleich ins Wohnzimmer verziehen, wenn es für dich in Ordnung ist. Will mich mal bei meinem Chef melden. Obwohl ich genauso gut über die Straße laufen könnte, um ihm die Krankmeldung zu bringen."

„Das wirst du schön bleiben lassen. Die Krankmeldung bringe ich gleich rüber. Du bleibst hier. Du bist krankgeschrieben. Melli, es muss nicht sein, dass dich die Kolleginnen sehen."

„Die zerreißen sich doch eh das Maul über mich."

„Das ist Quatsch und das weißt du auch. Wenn du mit deinem Chef telefonierst, bittest du ihn um ein Einzelbüro. Kann ja nicht sein, dass du jede Woche mit einer Lungenentzündung heimkommst." Melli lachte bitter auf.

„Das habe ich bestimmt nicht vor."

„Gut." Paul warf die Bettdecke zurück und schwang sich aus dem Bett.

„So mein Schatz. Dann muss ich dich wohl oder übel alleine lassen. Und", er hob mahnend den Zeigefinger „mach mir keine Dummheiten."

„Was denkst du denn von mir?"

„Nur Gutes." Paul grinste frech. „Ich liebe dich." Mit einem letzten Kuss auf ihre Wangen verabschiedete er sich endgültig.

***

Etwa eine Stunde später in der Bank trafen er und Stefan gleichzeitig ein.

„Was hat Melli gesagt? Wie hat ihr der Baum gefallen?" fragte Stefan neugierig und wartete ab, bis Paul aufgeschlossen hatte und sie zusammen das Gebäude betreten konnten.

„Sie hat sich sehr gefreut. Etwas enttäuscht war sie, dass sie nicht selbst dekorieren konnte, aber das kann sie immer noch ändern und sie kann, wenn sie nächste Woche wieder richtig fit ist, noch ein paar Sachen besorgen. Da lasse ich ihr alle Freiheiten."

„Ach Paul. Ich freue mich so für euch. Du strahlst heute Morgen eine unglaubliche Ruhe aus."

„Echt? Mir ist aber gar nicht danach. Tief in mir tobt es. Wo ist das verfluchte Geld? Man Stefan. Übers Wochenende habe ich fast nicht daran gedacht. Gestern Abend auf der Couch kam alles schlagartig wieder hoch. Was, wenn es doch mein Fehler war?" Paul schaltete den PC ein. Er merkte selbst, wie er nervös wurde und seine Hand zu zittern anfing.

„Du glaubst nicht Stefan, wie froh ich bin, dass du wenigstens wieder da bist. Letzte Woche war eine Zumutung. Sebastian ist so ein Sturkopf. Dann bekommt Thomas noch mit, wie ich ihn verdächtige." Er fuhr sich mit der rechten Hand durch sein dichtes Haar.

„Verflucht Stefan. Wo ist das verdammte Geld? Wo soll ich noch suchen?"

„Ich bin mir sicher, dass es nicht an dir lag. Du begehst nicht einen solchen Fehler, weil du immer kontrollierst und sehr genau arbeitest.

Hast du hinter dem Tresor geschaut? Obendrauf?" Paul schüttelte den Kopf.

„Nein. Oder doch?" Er war sich nicht sicher. Ein zweiter Blick konnte nicht schaden. Er stand auf, stellte sich auf Zehenspitzen und überblickte den Tresor." Nichts. Wäre auch zu einfach."

„Hast du nur bei den Schaltern und auch hier geschaut?"

„Ja. Bei den Schaltern nur oberflächlich. Ich wäre sonst aufgefallen."

„Was ist mit dem Kundenbereich?"

„Soweit habe ich nicht gedacht." Stefan grinste breit.

„Vielleicht war der Übeltäter clever und dachte, so einfach mache ich es denen nicht."

„Kannst du die Kasse gerade zählen? Dann schaue ich nach."

„Ja klar."

„Danke." Paul ging raschen Schrittes zum Kundenbereich, der sehr großzügig war. Zwei Sitzgruppen mit jeweils vier bequemen Ledersesseln und zwei Tischen. Auf den Tischen standen kleine Getränkeflaschen, an denen die Kunden sich in den Wartezeiten bedienen konnten, und zwei Aufsteller mit Werbung für Bausparverträge und Kreditangebote. An der Wand hing ein kleines Bücherregal. Ein Schirmständer und ein Mülleimer standen in einer Ecke. Auf dem Regal stand eine große Kugelvase.

Nach und nach trafen die Mitarbeiter ein. Sie grüßten Paul meist mit einem Nicken oder einem Hallo. Paul warf einen unauffälligen Blick in Schirmständer und Mülleimer. Der Mülleimer war frisch geleert. So blöd war der Täter nun bestimmt auch nicht. Das Geld im Mülleimer wäre wohl ziemlich albern. Die Kugelvase. Er griff danach. Nein. Das Bündel hätte da eh nicht reingepasst. Schmuckstück des Regals war eine Bücherreihe. Sie sah zumindest so aus. Natürlich. Paul fiel es wie Schuppen von den Augen. Na klar. Das musste des Rätsels Lösung sein. Ja, es sah aus wie eine Bücherreihe. In Wirklichkeit war es eine Buchattrappe, die man in der Mitte aufklappen konnte. Paul nahm sie herunter, sie war recht schwer. Bingo. Sie ließ sich schwer öffnen, doch er konnte es kaum glauben und schüttelte den Kopf. Sebastian, du Arsch, dachte Paul. Er wusste, dass er ein Mitwisser war. Er war sich nicht sicher, ob die Mitarbeiter von den Schaltern hierüber Bescheid wussten, doch sie drei waren informiert.

Paul überlegte, wie er vorgehen sollte. Er hatte die Buchattrappe wieder geschlossen auf das Regal gestellt mit dem Bündel. Er sah Sebastian eintreten, als er sich vom Kundenbereich entfernte. Hatte er nur das Gefühl oder hatte dieser wirklich kurz gezuckt? Paul ging wieder zurück. Auf keinen Fall wollte er Sebastian als Sieger davonkommen lassen. Wahrscheinlich war es genau das, was dieser hiermit bezweckte. Gut, dass er sein Handy immer in der Hosentasche hatte. Er zog es heraus und rief Stefan an. Der sich sofort meldete.

„Ich habe das Geld. Ich bleibe beim Kundenbereich. Sebastian hat mich gesehen. Ich will hier nicht weg. Er könnte es so aussehen lassen, als ob er das Geld gefunden hat. Soll ich Thomas abpassen und ihm alles zeigen?"

„Ich bin gleich bei dir. Sebastian kann hier mal kurz alleine bleiben."

Es dauerte nicht lange, da sah Paul Stefan um die Ecke kommen.

„Die Attrappe?", fragte Stefan.

„Ja. Ganz schön clever. Hätte ich ihm gar nicht zugetraut. Was machen wir jetzt?"

„Pass auf. Soll ich Thomas entgegen gehen oder du? Passen wir ihn ab."

„Wenn Sebastian Hilfe braucht, muss ich wohl hin. Er könnte dann trotzdem unbemerkt weg."

„Dann lass mich rausgehen." Stefan nickte zustimmend und meinte:

„Thomas müsste jeden Moment eintrudeln."

„Ja." Paul nickte und verschwand nach draußen. Ihm war klar, dass Sebastian das gesehen hatte. Aber es war ihm egal. Fast lief er mit Thomas zusammen."

„Hoppala Paul", begrüßte der ihn fragend. „Wohin so eilig?"

„Zu dir. Ich habe das Geld gefunden."

„Was? Wo?"

„Das glaubst du erst, wenn ich es dir zeige. Stefan wartet im Kundenbereich auf uns."

Raschen Schrittes gingen die zwei in die Bank. Paul blieb der Mund offen stehen, als er sah, dass Stefan Sebastian am Ärmel festhielt.

„Was ist hier los?" fragte Thomas streng. Sebastian funkelte Paul wütend an. Paul konnte sich das Grinsen nicht verkneifen.

„Ich konnte Sebastian noch geradeso davon abhalten, sich selbst als Finder des Geldes dastehen zu lassen."

„Wo ist es denn jetzt?" Thomas sah verwirrend von einem zum anderen.

„Hier." Paul hob die Buchattrappe aus dem Regal. Öffnete sie. „Sie lässt sich kaum öffnen. " Zum Vorschein kam das Geldbündel.

„Das ist ja..." Thomas unterbrach sich, schüttelte den Kopf, als könnte er es nicht fassen. „In mein Büro. Alle. Sofort. Schließt die Zentralkasse. Oder Stefan, kannst du alleine übernehmen? Gleich kommen die ersten Kunden. Wir können sie schlecht unbesetzt lassen." So laut und aufgebracht hatte Paul Thomas selten erlebt.

„Klar. Kein Problem," erwiderte Stefan und ging wieder an die Arbeit.

Sebastian warf Paul immer noch einen wütenden Blick zu, als sie Thomas in sein Büro folgten. Dieser schloss auf und knipste das Licht an.

„Setzt euch. Jetzt will ich hören, was hier vorgefallen ist. Sebastian, du bitte. Pauls Version kenne ich."

„Er steht wieder als der Retter da. Hat er toll hingekriegt. Ich bin doch immer der Loser hier. Jetzt schon wieder."

„So siehst du das also?" Thomas sah ihn lange an.

„Ja. Paul und Stefan sind beste Freunde, wie soll man da drankommen."

„Sebastian, ich bitte dich. Wir haben immer versucht, es dir einfach zu machen. Doch all die Jahre hast du dich zurückgezogen. Bist nicht einmal auf uns zugekommen. Stattdessen reitest du dich zweimal in so eine Scheiße. Entschuldigung." Paul sah zu Thomas.

„Ich würde sagen, Paul, du kannst gehen." Paul bekam nicht mehr mit, was Thomas sagte, rechnete aber mit einer zweiten Abmahnung. Dann müsste Sebastian theoretisch gehen. Wäre aber auch möglich, dass Thomas ein Auge zudrückte. Je nachdem, welche Erklärung Sebastian noch nachschob. Doch endlich, endlich war er erlöst. Das Geld war wieder da.

„Danke, Stefan", sagte er, als er kurz darauf in die Zentralkasse trat.

„Wofür? Das ging ja schnell."

„Dass du an mich geglaubt hast. Ich konnte gehen. Sebastian ist noch bei ihm. Ob Sebastian eine zweite Abmahnung bekommt?"

„Vielleicht. Wir werden es erfahren. Wie ich ihn kenne, wird er sich für den Rest des Tages krankmelden. Aber uns kann es egal sein.

Paul war überglücklich und erleichtert. Auf diese Idee wäre er alleine nie gekommen. Kurz wanderten seine Gedanken zu dem Adventslicht. Das hatte wohl auch seine Zauberkraft mit im Spiel. Wie Melli immer sagte, Magie. Ja, das war es wohl wirklich. Paul schrieb Melli eine kurze Nachricht und wusste, es würde seit langem ein schöner Arbeitstag werden.

Kapitel 23 / ~ Alles wird gut ~

Melli war stolz auf Paul. Er hatte das Geld bei der Bank wiedergefunden. Sie wusste von Anfang an, dass er unschuldig war. Melli schmunzelte und schaute zu dem Adventslicht, das sie bereits angezündet hatte. Melli hatte es sich auf der Couch bequem gemacht und stöberte mit dem Laptop auf dem Schoß bei einem hiesigen Onlinehandel und schaute nach weihnachtlichen Dingen Sie wollte nicht zu viel Dekoration, aber ein paar Kerzen, mussten noch her. Sie hatte sogar Teelichter gefunden, die den Duft Adventszauber hatten. Die duften bestimmt herrlich. Einige Teelichtgläser fügte sie noch hinzu. Die sollten schon noch Weihnachtsstimmung in ihre Traumwohnung bringen. Gerade, als sie bei einem wunderschönen Glas mit einem weihnachtlichen Tannenwald, der mit Schnee bedeckt war, hängenblieb, um es sich genauer zu betrachten, klingelte ihr Handy. Es war Herr Schwarz.

„Hallo, Herr Schwarz", grüßte sie freundlich.

„Guten Morgen Frau Auras. Wie geht es Ihnen? Sie haben mir einen gehörigen Schrecken eingejagt. Das können Sie mir glauben."

„Entschuldigung. Das wollte ich nicht. Ich habe mich allerdings auch erschrocken. Wie schnell das ging. Es geht mir schon viel besser. Das Fieber ist runter. Das ist das Wichtigste. Jetzt muss ich noch zu Kräften kommen."

„Ja. Das freut mich. Ich habe ihre Krankmeldung heute Morgen von ihrem Mann erhalten. Ich war ausnahmsweise mal eher im Büro. Ich habe ihn somit gesehen."

Melli räusperte sich.

„Herr Schwarz. Ich möchte nach so kurzer Zeit bestimmt keine Ansprüche stellen oder sonst irgendetwas. Aber wäre es vielleicht möglich, dass ich ein Einzelbüro bekomme?"

Herr Schwarz lachte.

„Ihre Kollegin Helen hat mich danach auch schon gefragt. Es tut ihr auch außerordentlich leid, dass sie die Fenster immer aufgemacht hat."

Melli wunderte sich.

„Kann man da vielleicht was machen?", fragte sie daher nur.

„Ja. Es lässt sich einrichten. Wir drei haben die Woche hier beraten, wie wir es am besten organisieren und sind tatsächlich schon dran."

„Was? Das ist ja super." Melli freute sich wirklich. „Was haben Sie denn beraten?"

„Nun. Ich möchte, dass Sie im Hauptbüro bleiben. Sie sind schließlich meine Sekretärin und ich muss Sie ohne Umwege erreichen können. Auch sollte Tina an ihrem Platz bleiben. Helen richtet sich, es ist kaum zu glauben," er machte eine kurze Pause und musste lachen, „sie räumt im Archiv einen Arbeitsplatz vor dem Fenster ein. Am Freitag kommt ein Container, somit kann nochmal ein Berg an Akten vernichtet werden. Dann kann ein Aktenschrank raus, den wir dann im Flur aufstellen. So hat Helen zwar nicht mehr den Blick auf den Rathausplatz, aber den Blick auf die Kirche. Sie meinte, das wäre ja auch ein schöner Platz, außerdem könnte sie die Leute in dem kleinen Café nebenan beobachten." Nun mussten beide lachen.

„Das ist ja wunderbar. Dann ist ja alles geklärt und ich freue mich wieder auf die Arbeit."

„Nehmen Sie Helen ihr Verhalten Ihnen gegenüber nicht übel. Ich glaube, sie will sich auch bei Ihnen entschuldigen."

„Ach." Melli winkte ab.

„Nein. Schon gut. Lassen Sie nur. Wann können wir denn wieder mit Ihnen rechnen?"

„Nächste Woche. Ich freue mich. Ich habe dann auch einen kurzen Weg." Melli grinste breit.

„Ja. Ihr Mann sagte etwas, dass Sie jetzt gegenüber bei Herrn Schröder wohnen.“

„Ja, genau.“

„Sehr schön. Dann erholen Sie sich gut. Wir drei wünschen Ihnen gute Besserung. Bis nächste Woche!“

„Vielen Dank Herr Schwarz. Bis dann.“ Melli legte verwundert auf. Wieder fiel ihr Blick zum kleinen Adventslicht. Sie ging zu ihm hin.

„Na, hast du auch damit etwas zu tun?“ Seine Flamme tanzte.

***

Das Adventslicht kicherte laut.

„Nein Melli. Damit haben wir ausnahmsweise mal nichts zu tun. Wir haben uns jetzt voll auf dich und Paul konzentriert. Aber, wer weiß, vielleicht hat die ganze Kraft und Energie, die nicht nur ich reingesteckt habe, sondern auch mein kleiner Freund unten auf der Fensterbank, ja ausgereicht.“

„Magie“, flüsterte Melli.

„Das ist das Zauberwort. Wir freuen uns so sehr für euch.“

„Ihr seid so lieb.“

„Ihr auch.“

Melli ging zurück auf die Couch und bestellte das Windlicht und noch anderen Kleinkram an Dekoration. In zwei Tagen würden die Sachen schon kommen. Wenigstens war sie dann zu Hause und konnte die Bestellung in Empfang nehmen. Sie änderte in sämtlichen Shops ihre Adresse. Einen Nachsendeauftrag brauchte sie erst mal nicht. Wenn sie irgendwo bestellte, würde es bei Claudia ankommen. Obwohl, vielleicht war es doch besser? Wahrscheinlich schon.

***

„Endlich Feierabend“, sagte Paul um sechzehn Uhr und Stefan nickte. Natürlich hatte Sebastian sich krankgemeldet. Thomas war zu ihnen gekommen und hatte ihnen gesagt, dass er dieses Mal von einer Abmahnung abgesehen hat und er Sebastian nur verwarnt hat. Sebastian hätte gesagt, er fühle sich nicht gut. Thomas bat ihn aber darum, die Gelegenheit zu nutzen, darüber nachzudenken, ob er das Kriegsbeil nicht

123

endlich begraben wollte. Denn nur so könnten sie ein Team werden. Zumal Paul und Stefan ja bereit wären, wenn er, Sebastian mitspielen würde. Er wollte es sich überlegen. Sebastian hatte sich nur noch mit Kopfschmerzen entschuldigt und war dann gegangen.

„Eigentlich krieche ich niemandem gerne in den Arsch", meinte Paul, nachdem Thomas gegangen war.

„Der schiebt, wenn er wieder da ist, wieder einen auf Mitleidstour. Aber das ertrage ich auch nicht. Wir werden sehen. Sollte er nächste Woche da sein, können wir ihn darauf ansprechen, ob er dazugehören will. Dann muss er aber auch Teamplayer werden."

„Genau. Warten wir es ab. Mehr können wir jetzt eh nicht machen. So. Ich mache jetzt Feierabend und will für Melli noch Blumen besorgen. Fast habe ich es vergessen. Aber Herr Schröder hat ja schon am Samstag gesagt, kaufen Sie ihr Blumen." Paul verdrehte die Augen.

„Tja. Der müsste ja Ahnung haben, wie es läuft. Aber ich kann nur sagen, über einen schönen Blumenstrauß freuen sich Frauen immer. Ein Weihnachtsstern wäre vielleicht angebracht."

„Oh. Danke für den Tipp. Sehr gute Idee. Damit sollte ich auch nichts falsch machen."

***

Melli hatte Paul geschrieben, ob er vom Weihnachtsmarkt etwas zu Essen mitbringen konnte. Sie mussten unbedingt einkaufen. Wie sie Paul kannte, würde er sie so noch nicht alleine losgehen lassen. Aber er hatte ja recht. Sie war noch krank.

Es gab auf dem Markt ein leckeres Baguette mit Speck, viel Knoblauch und Käse. Dazu einen leckeren Wein. Sie schickte ihm kurz eine Nachricht. Es dauerte auch nicht lange, bis Paul kam. Sie roch den Knoblauchduft, den das Baguette ausströmte, bis ins Wohnzimmer. Wie gut das roch. Sie erhob sich und ging Paul entgegen. Ein Weihnachtsstern hatte er auch. Wofür war der denn?

„Hey, mein Schatz", sagte Paul „Alles klar? Geht's dir gut?"

„Hey. Ja. Alles klar. Und ja, es geht mir gut. Du bist ja schwer beladen. Was kann ich dir abnehmen?"

124

„Den Weihnachtsstern. Habe den gekauft, anstatt Blumen. Dachte, der fehlt hier noch.

„Oh Paul. Du denkst wirklich an alles. Soweit habe ich noch nicht einmal gedacht. Dabei liebe ich Weihnachtssterne. Ich hatte mal einen, der noch im März geblüht hat. Und er ist wunderschön. So groß. Womit habe ich den verdient?"

„Weil ich dich liebe. Weil du die beste Frau bist, die ich kenne. Weil du mein ein und alles bist. Noch mehr?"

„Du bist der beste Schatz überhaupt. Weißt du das?" Melli stellte sich wieder auf die Zehenspitzen um Paul zu küssen.

„Zum Glück brauche ich hierfür keine Vasen. Der hat auch schon den perfekten Übertopf."

„Ja. Das habe ich mir auch schon gedacht. So. Und jetzt, lass uns essen."

„Au ja. Ich dachte, wir genehmigen uns hierzu ein Glas Wein. Lecker, wie dieses Baguette duftet."

Sie machten es sich auf der Couch gemütlich. Den Weihnachtsstern stellte sie auf den Esszimmertisch. Das Gesteck von dort nahm sie mit ins Wohnzimmer. Im Fernseher liefen die Nachrichten. Melli freute sich so sehr auf das Weihnachtsfest. Und sie war froh, dass auch bei Paul die Freude langsam wieder eingekehrt war. Dank der Adventslichter und deren Zauber, mit denen sie nicht nur Melli gefangen genommen hatten. In gut einer Woche war Heiligabend. Sie freute sich auf die Chorprobe am Freitag. Endlich konnte sie wieder singen. Die Texte hatte sie drauf. Sie kuschelte sich an Paul, der auf der Couch eingeschlafen war. Sie würde ihn nicht mehr gehen lassen, dessen war sie sich sicher. Jetzt konnte Weihnachten kommen.

Kapitel 24 / ~ Weihnachten ~

Sie hatten ihren Platz auf der Empore in der Kirche eingenommen. Christian wirkte nervös, er blickte kurz zu Melli, die ihm lächelnd zunickte. Er erwähnte mehrmals, dass sie die Noten leise umblättern sollten. Unten füllte sich die Kirche schnell.

„Noch ein kurzes Einsingen. Die Lieder einmal in der Reihenfolge. Tochter Zion lassen wir außen vor. „Oh kleine Stadt von Bethlehem bitte," sagte Christian und spielte das Lied kurz an. Sie sangen die erste Strophe. Es folgten die restlichen vier Lieder. Zufrieden nickte er seinem Chor zu. Das würde gut werden. Melli stellte sich mit Claudia vorne an das Geländer der Empore, um einen besseren Blick auf die Leute in der Kirche zu erhaschen. In schicken Wintermänteln saßen die Leute in den Bänken. Manch einer trug Pelz, wieder andere hatten sogar rote Jacken an. Melli fand es immer amüsant, wie die Leute sich doch für Weihnachten zurechtmachten. Hier und da war ein Husten zu hören, ein Räuspern, ein Niesen. Die Heizung war zwar schon seit einer Woche aufgedreht, doch es war immer noch kalt. Melli hatte sich warm angezogen. Sogar eine lange Unterhose, das konnte nie schaden. So war es auszuhalten. Sie hatte auf ein Kleid verzichtet. Sie würden sich gleich warm singen. Melli hatte in der Kirche auch schon Helen und Tina mit ihren Familien entdeckt. Die Glocken läuteten und Christian setzte sich an die Orgel. Unten saß der Musikverein rund um den Altar. Die Tür der Sakristei ging auf und ein Messdiener zog an dem Seil, das neben der Tür hing, was bedeutete, der Gottesdienst würde beginnen. Die Trompeten

setzten ein und auch Christian begann mit dem Orgelspiel. Erste Tönte von Tochter Zion hallten durch das Gotteshaus. Sie sangen alle lauthals mit. Es war ein schönes Zusammenspiel mit Musikverein und Orgel. Von der Empore klang es nochmal besonders schön, wenn sie sangen. Die Musik ging durch Mellis Körper durch und durch. Danach begann der Pastor mit der Mette. Schon bald stellte Christian sich vors Keyboard und die ersten Töne von „Du kleine Stadt von Bethlehem" erfüllten die Kirche. Alles passte. Christian strahlte in die Runde und flüsterte leise:
„Sehr schön."

Viel zu schnell verging die Messe. Zum Schluss sangen sie „Go tell it on the Mountain", einige schnipsten im Takt die Finger, Melli ließ es, konzentrierte sich lieber aufs Singen. Abschließend spielte der Musikverein, „Stille Nacht, heilige Nacht". Nochmals sangen alle kräftig mit. Der Pastor wünschte „Frohe Weihnachten" und kündigte an, dass es im Anschluss Glühwein und Plätzchen gab. Melli drehte den Kopf nach links zu Paul, der sie glücklich anlächelte und ihr lautlos „Frohe Weihnachten" wünschte. Sie wünschte es ihm lautlos zurück. Gegenseitig wünschten die Chormitglieder sich frohe Weihnachten und gingen langsam nach unten, wo die Ersten schon in gemütlicher Runde mit dem Glühwein in der Hand zusammenstanden. Melli hatte Nussecken gebacken und Paul hortete die Dosen bei sich in einer Stofftasche unter dem Stuhl. Gemeinsam schlenderten Melli und Paul zur Krippe, die wunderbar unter dem prachtvoll leuchtenden Weihnachtsbaum stand. Vor dem Stall, in dem Maria und Josef standen, dass Jesu Kind in der Krippe, davor leuchtete ein kleines Feuer. Natürlich fehlten auch Ochs und Esel nicht. Sowie ein paar Hirten und Schafe.

„Es war wunderschön heute Abend" sagte Paul leise. Mit dem Glühwein in der Hand, den er mittlerweile besorgt hatte.

„Ja. War es auch. Ich liebe dich."

„Ich dich auch. Auf das wir noch viele Weihnachten zusammen feiern werden."

Paul beugte sich leicht zu Melli herunter und sie küssten sich lange. Das rundherum geflüstert wurde, war ihnen egal. Sie strahlten sich glücklich an.

„Auf uns und auf das kleine Adventslicht", schmunzelnd hob Paul die Tasse.

„Ja. Auf uns und das kleine Lichtlein Ob es uns ohne es geben würde?" Paul grinste breit.

„Vielleicht hätte es länger gedauert. Aber wer weiß. Es ist jedenfalls mein schönstes Weihnachten seit langem."

„Meins auch", bestätigte Melli.

***

Das Adventslicht ließ es sich nicht nehmen. Es hatte den Gesang in der Kirche gehört. Es war so schön gewesen. Dazu die kräftigen Klänge der Instrumente des Musikvereins. Die Glocken läuteten am Ende der Messe. Etwas länger als sonst und sehr laut. Das liebte es einfach. Es war alles so wundervoll festlich.

„Was war das so schön. Und sie haben an uns gedacht. Am Ende. So schön."

„Ja. Und ich freue mich, dass sie uns hoffentlich noch lange begleiten werden. So können wir sie immer beschützen. Und ich weiß schon jetzt, egal, wie viele Kugelkerzen oder andere Adventslichter Melli noch kaufen muss, sie wird jedes einzelne bei jedem Umzug mitnehmen."

„Ja. Da kannst du recht haben. Mich muss sie nun schon nächstes Jahr austauschen. Doch ich bin froh, dass ich den ganzen Advent fast durch flackern durfte."

„Ja. Es ist immer noch schmerzhaft, dass ich letztes Jahr hier in dieser Wohnung vergessen wurde. Aber dank Melli ist dann doch wieder Freude und Wärme in meinen Docht zurückgekehrt."

„Ja. Ein Glück. Oh. Ich glaube, sie kommen schon. Ich wünsche dir und allen Menschen da draußen dann auch frohe Weihnachten und besinnliche Feiertage."

„Ja. Vielen Dank. Das wünsche ich dir und den Menschen da draußen auch. Vielleicht sollten wir ihnen am Schluss noch mit auf den Weg geben, glaubt an die Liebe, glaubt an Magie. Denn wenn ihr daran glaubt, dann kommt sie auch zu euch, das ganze Jahr. Nicht nur zur Weihnachtszeit."

„Genau. Das kann ich so nur unterschreiben. Noch einmal. Frohe Weihnachten."

ENDE

Besonderen Dank an:

Besonders bedanken möchte ich mich bei meiner weltbesten Nachbarin Margot Ewen, die mein Roman Korrektur gelesen hat. ♥

Außerdem bei Victoria Stein vom Belletristica (Belle) Forum, die mein Werk von Anfang an mitverfolgt, mir bei Fragen immer geholfen und Tipps gegeben hat. Nach meiner Überarbeitung hat sie erneut Korrektur gelesen. Für die zügige Bearbeitung vielen Dank. ♥

Bei Maria Kober, auch von Belle die vor langer Zeit auch Korrektur gelesen hat und mir zum Ende hin beim Setzen des Buchsatzes geholfen hat. Und danke für die wunderschöne Illustration. Ohne Dich wäre ich aufgeschmissen gewesen. Vielen Dank, dass du dir die Zeit genommen hast und alles so rasch bearbeitet hast. ♥

Bei Alexander Asmußen einem weiteren Belletristican, der das Cover entworfen hat, wie ich es haben wollte. Vielen Dank auch Dir für Deine Zeit und rasche Umsetzung meiner Vorstellungen. ♥

Bei Caroline Rezazada, denn durch Dich liebe Caroline kam es überhaupt erst zur Geschichte vom kleinen Adventslicht und daraus ist dann die Idee zum Roman entstanden. Vielen Dank! ♥

Auch Doris Zakrzewski, die kurzzeitig Korrektur gelesen hat, als das Buch noch in der Überarbeitung war und allen anderen FederLeserinnen vielen Dank für Eure Freundschaft. Ich hoffe sehr, dass wir uns hoffentlich alle bald auf einem Schreibabend endlich wiedersehen. Vielen Dank! ♥

Auch Dir, mein lieber Schatz, dass du mir beim Formatieren geholfen hast, wenn ich nicht weiterwusste. Und wenn ich Dich in Sachen Roman und Veröffentlichung genervt habe. Vielen Dank Das du mich mit meinem Hobby unterstützt. ♥

Zuletzt bedanke ich mich bei meiner Familie. Schön, dass ihr immer für mich da seid. Und mich immer unterstützt. Vielen Dank! ♥

Es kommt noch ein zu allerletzt. Möchte ich mich bei Euch liebe Leserinnen und Leser bedanken. Wenn Euch das Buch gefallen hat, lasst bei Amazon doch eine Rezension da. Vielen Dank! ♥